ラストラン　ランナー4

あさのあつこ

幻冬舎文庫

ラストラン　ランナー4

目次

朝の風

乾いた風が吹いてくる。

さらさらと肌の上を滑っていく。

ついこの前まで、もっと湿って重かった。あるいは熱く焼けていた。剝き出しの腕や首や顔に容赦なく突き刺さってきた。

それが優しい。

突き刺さるのではなく愛撫するように、しかも、あっさりと軽やかに過ぎていく。

季節が変わったのだ。

三堂貢《みどうみつぐ》は走りながら、束の間、空を仰いだ。足は止めない。ペースも落とさない。スパートをかけるのはまだ早い。この先の橋を渡り、大通りから住宅街に通じる脇道に入ってからだ。そこから、坂田《さかた》家までは一キロ足らず。徐々にスピードを上げるか一気に加速するかは、そのときの調子次第だ。

体調の良し悪しではない。心身がどちらを欲しているか、だ。自分自身を制御し完璧に支配して走るのか、ラストの一キロで解放し想いのままに駆けるのか……。どちらだ？


早朝の空気を吸い込む。

空に広がる薄雲が光を浴びて、金色に縁どられている。その下を燕たちが飛び交っていた。風を切る音が聞こえるような、鋭い飛翔が小気味いい。

「おはようございます」

不意に声を掛けられた。

すれ違いざまの挨拶だ。「あ、どうも」。我ながら間の抜けた返事をしながら振り返る。白いTシャツの背中が遠ざかっていく。いかにも素人くさいもたもたした走りだった。

この道は四輪が通れるだけの幅がなく、当然ながら信号は設置されていない。片方には桜並木が続き、反対側は一級河川の支流と川原に続く緩やかな斜面になっていた。斜面には既にコスモスが群れ咲いて、僅かな風にも揺れ動く。この花と競うように彼岸花が真紅の、野萩が赤紫の花色を鮮やかにしていた。

気持ちの良い道だ。だからだろう、早朝や夕暮れどきに走る人々の数は意外に多い。

別に気にはならない。周りに気は配るが、周りを気に掛けるような走りはしない。それでも、今のように突然に挨拶されたりすると、戸惑う。

あ、独りで走ってたんじゃないんだ、と気付く。

一線がある。

何と何を分ける線なのか貢には答えられない。けれど、線はあるのだ。走っているとそれをまたぎ越す一瞬が訪れる。ランナーズ・ハイと呼ばれているものとは違う。またぎ越したからといって爽快な気分に浸れるわけではない。ただ独りだと感じるだけなのだ。この世界にただ独りでいると。

独りで走り続けているんだと。

淋しさとか孤独とかとは異質の、〝独り〟という感覚を知ったのはいつぐらいだったろうか。つい最近の気もするし、遥か昔、まだ半ズボンをはいて走り回っていたころのような気もする。

素人ランナーの「おはようございます」の一言は、貢を一線の手前に引き戻した。他者がいて、泣いたり、笑ったり、わめいたり、走ったりしながら生きている世界に立ち返らせた。

橋を渡り、大通りから、やはり車両進入禁止の細い道に入る。呼吸を整え、ゆっくりとペースダウンしていく。なぜか、ゴールを見立てて一気に駆け抜ける気が起こらない。いつもなら、ランニングを終えた後、家の周りを何周かしてペースを落としていくのだが、それが億劫になった。

走ることが好きかと問われたら、返答に窮する。好きとも嫌いとも答えられない。ただ、時折、たまらなく走りたくなる。かと思えば、走ることがどうしようもなく億劫で、面倒で、苦痛とさえ感じるときがあるのだ。走りとすっぱり縁を切ってしまったら、楽になれるのか、苦しくてしゃがみ込むのか判断できない。

おれは世界に勝って、おれの走りにケリをつけるんだ。

加納碧李《かのうあおい》に告げた。そこに嘘はない。多少の力みはあったかもしれないが、本音だった。

加納は問うてこなかった。

「ケリをつけるって、どういう意味だ」

問われていたら、どう答えていただろう？　そして、加納はなぜ問うてこなかった？　ただの戯言《ざれごと》と聞き流したのか、問うほどの興味を覚えなかったのか、尋ねるまでもなく答えを知っていたのか。

嫌なやつだ。

加納のことを考えるたびに、振り返りそうになる。一地方の記録会に過ぎなかった。何の変哲もない競技場だった。

五千メートルのレース。スタートからゴールまで、加納はぴったりとついてきた。一度も抜かれはしなかったけれど、振り払うこともできなかった。

14分16秒78。

14分23秒66。

約七秒の差は大きい。貢にとってこのタイムはベストでは、むろんない。が、加納にとっては自己ベストを大きく上回るものだったはずだ。それだけ力の差がある。あるはずなのに、よくわかっていたはずなのに、焦った。後ろから追い掛けられる恐怖を初めて味わった。後ろを確かめてしまった。ふっと、振り向いたのだ。

加納は笑っていた。不敵で不遜で、酷薄にさえ見える笑みだった。

獲物を捕えた狩人のようだと感じた。感じたとたん、憤怒に近い感情に突き上げられ、貢はペースを上げたのだ。憤りは加納ではなく、自分に向けられていた。三堂貢を狩られる側においた自分自身が腹立たしい。許せないほど腹立たしい。怒りは力となり、貢を走らせた。

加納はどうだったのだろう。何を糧に14分23秒66を走ったのか。そんなことを考えると、そんな自分がまた腹立たしくなる。

坂田の家が見えてきた。

豪邸ではないが、趣味の良い瀟洒《しょうしゃ》な住宅だ。家の外見は人に似るのか、人が家に添うのかわからないけれど、伯父夫婦は穏やかで明朗な人たちだった。なにくれとなく世話をしてくれるが、過剰ではない。押しつけがましくもない。大人たちが見失いがちな、若者との距離の取り方が上手い。居候の身にはありがたい人たちだ。おかげで、居心地は実家にいるより快適なぐらいだ。息子さえまともなら言うことは何もないのだが、どんなものにも何かしら一つや二つ、瑕疵《かし》はある。贅沢を言えばきりがない。それくらいは、さすがに解していた。

門扉の前で軽くストレッチをして、中に入る。

いい匂いがした。

朝食の匂いだ。

コーヒーの濃い香りに、パンの焼ける匂い。

食欲をそそり、空腹を強める。

リビングでは光喜《こうき》がコーヒーを手に新聞を読んでいた。何か気になる記事があるのか、食い入るように紙面を見詰めている。

「まるで、おっさんだな」

挨拶代わりに声を掛けると、光喜は眼鏡を軽く押し上げ貢に顔を向けた。

「何がおっさんだって？」

「その格好だよ。コーヒーを飲みながら新聞を読む。まんまおっさんじゃないか」

コーヒーカップを置き、光喜はふんと鼻を鳴らした。

「何でもかんでも若い方が格好いい、なんて考えてるんじゃないだろうな、貢」

声音がいつもより低く、尖っている。

おや、今朝は少しばかりご機嫌斜めか。

貢は肩を竦《すく》めた。

同い年の従兄弟《いとこ》、というより気の合う幼馴染として育った。聡明で探求心と好奇心を溢れんばかりに持ち合わせている相手が好きで好きで、一緒にいるのが楽しくてたまらなかった。祖父の屋敷で共に過ごした夏の日々、朝目覚めると光喜を探し、日が落ちて眠りにつくまで傍らにいた。

そんな時期があったのだ。確かにあったのだ。

遥か遠くに過ぎ去った日々を懐かしむ気はさらさらない。ただ、不思議には思う。大好きだった従兄弟は時の流れの中で、どうにも正体の摑めない相手に変わった。人とはそういうものなのか、光喜の変貌が特異なのか、貢には測れない。測れなくても別にかまいはしないが、時々、面倒臭くなる。光喜ではなく、他人を理解できないことに戸惑っている自分自身が、だ。

ただ、今日は光喜が不機嫌な理由は摑めている。

「思うように記事が書けないってわけか」

食パンを一枚、トースターに放り込み、冷蔵庫から牛乳を取り出す。グラスになみなみと注ぐと一口だけ、軽くすする。坂田家では基本、朝食は自分で賄《まかな》うことになっていた。気が向けば卵料理や炒め物を作りもするが、今日はそういう気も起きない。

「記事ねえ……」

光喜が長い息を吐き出した。いかにもせつなげだ。もっとも、光喜の場合、吐息や表情が心を正直に表しているとは言い難い。

「そうなんだよなあ。書けねえんだよな。本当なら、もうとっくに特集記事の骨子が固まってないとやばい時期なのに、全然なんだ。全然、まとまらない。あぁあ、このままじゃ『清都《せいと》トリビューン』発行できないかもなあ」

さらにため息が零れる。

光喜は清都学園新聞部に所属している。というより、全国トップの実力を誇り、コンクールで幾度となく最優秀賞に輝いている新聞部を目的として、清都学園に入学した。

進学を控え、文化部、運動部の別なく一部の例外を除き、三年生は夏で引退した。コンクールに向けて、紙面作りは光喜たち二年生が中心となる。

「何といっても取材対象がめちゃめちゃ非協力的なのが応《こた》えるんだよなあ。取材とか全部キョヒられて、インタビューにもまったく応じてもらえなくて……。これじゃ、お手上げだ。まったくもって、どうしようもない」

三度目のため息。

貢は無視して、トーストをかじる。牛乳を入れたグラスと伯母が常に用意してくれているバナナ二本を持ち、従兄弟に背を向ける。

「あれ、どこに行くんだよ。朝飯は？」

「部屋で食う」

「それ、行儀悪くね。マナー的にNGでしょ」

「鬱陶しいんだよ」

「鬱陶しい？　何が？　天気はけっこう爽やかっぽいぞ」

「光喜」

振り返り、呼ぶ。呼ばれた方はコーヒーをすすり、不鮮明な言葉を返してきた。

「おまえ、部の後輩に言ってるよな。普段から正しい日本語を使え。乱れた言い方をするな。新聞部の部員としては最低限の心構えだぞとかなんとか」

「まあな。それが何か?」

「キョヒるとか、マナー的にNGとか、爽やかっぽいとか、そーいうの正しい日本語とは言えねえだろうが。後輩にエラソーに説教しといて、自分は乱れまくりかよ。ちょっと、いいかげんすぎないか」

ちっちっち。

光喜が舌を鳴らす。その音に合わせて、左手の食指をメトロノームのように左右に振った。

「日常言語と記事の文言が別ものだと理解できてりゃあ、何の問題もなし。むしろ、しゃべるのと書くのと使い分けできないようじゃ、うちの部ではやってけないからね。新人にはまず基本からってのは、新聞部も陸上部も同じ。おれは一年生に基本のキを教えただけよ」

貢は、もう一度肩を竦めた。

口で張り合って、勝てる相手ではなかった。

「で、何が鬱陶しいって」

光喜が問うてくる。口元が綻《ほころ》んで、さっきまでの不機嫌さが掻き消されていく。

「おまえだよ」

「おれ？　おれのどこが鬱陶しいって」

「もういい」

「いや、待てよ。確かに言われてみれば、このごろのおれは鬱陶しいかもな。けど、しょうがないんだ。取材対象がめちゃくちゃ非協力的で取材はことごとくキョヒられ、インタビューも」

「わかったよ、うるせえな。いいかげんにしろ」

今度は貢が思いっきり舌打ちしてみせた。しかし、光喜のものほど響かない。

「貢」

不意に光喜が立ち上がる。

「なあ、頼むって。せめて、インタビューぐらいさせてくれよ」

「断る」

「何でだよう。別に興味本位でおまえのことを記事にしようなんて、思ってるわけじゃないんだぞ」

「わかってる」

「へ？」

「おまえが興味本位のちゃちな記事を書くなんて、思ってねえよ」

「あ、そりゃあ……どうも」

ほんの一瞬だが、光喜の頬が上気した。

「そこまで認めてくれるんだったら、インタビューぐらいは受けてくれてもよくねえ」

「嫌だ」

これ以上ないほどきっぱりと撥《は》ね付ける。

誰にも踏み込まれたくない。

自分の心の内にも、自分の走りにも。

誰であろうと自分以外の者に、もっともらしい意味づけをされるなんてまっぴらだ。

貢自身が言葉にできない想いを他人に代弁されてたまるか、という気になる。

それが意地なのか、プライドなのか、愚かな我執《がしゅう》なのか、まったく別の感情なのかわからない。わからないけれど、嫌だ。肌が粟立つほど不快だ。

「頑固だね、相変わらず」

光喜が口元を歪める。

「まあ、いいさ。まだ時間はある。じっくり攻めるっきゃないな」

「やばい時期なんじゃないのか」

「やばいはやばい。でもまあ、何とかなるでしょ。つーか、何とかするさ。締め切りと戦うのは新聞部の宿命だかんね」

「いいかげんだな、相変わらず」

「柔軟性があるんだよ。そこんとこ、間違えないでもらいたいね。まっ、ここまでキョヒられると正直、攻め方を変えないとどうにもなんないな。さて、どうするか」

光喜の呟きは独り言になり、視線は空を彷徨《さまよ》う。

不意にテーブルの上のスマホが振動した。断末魔の痙攣のようだ。光喜がスマホを手にし眉を顰《ひそ》めた。かかってきて嬉しい相手ではないらしい。

「あぁ……平石《ひらいし》か、何だよ。朝っぱらから……」

貢は朝食を手に、リビングを出た。思いの外、長くしゃべってしまった。いつもなら一言、二言交わしておしまいになる。「よう」とか「ああ」とかの挨拶にもならない類の言葉だ。先に背を向けるのはたいてい貢の方だが、光喜が呼び止めたり、あえて話しかけたりすることはめったにない。

今朝はいつもと違っていた。理由はわからないが、貢から声を掛けてしまった。しかも、少しばかりからかいの口調で。

どうしてだろうか？

足が止まる。

イスの倒れる音が聞こえた。

イスが倒れた？　まさか光喜が。

動悸がした。息が詰まる。

「平石、それ、ほんとうのことか」

光喜の叫びが耳に刺さってくる。

倒れたのはイスだけで、光喜が転倒したわけではないらしい。

安堵する。

「馬鹿野郎！　しゃんしゃんしゃんしゃべれ。うん……ほんとうなのか。確かな情報なんだな」

階下から響いてくる声は上ずっていた。光喜がこんな風に興奮するのは珍しい。よほどのスクープが転がり込んできたのか。いや、それにしては弾んでいない。むしろ、慌てている。それもまた、珍しい。いつでも、小憎らしいほど冷静なやつなのに。

光喜が一時でも我を忘れるような連絡なわけか？　平石というのは確か新聞部の後輩で、やけに図体のでかい男だったような……。

貢は軽く頭を振り、再び階段を上る。今日は光喜に拘《こだわ》り過ぎだ。新聞部員としての光喜の許にどんなスクープが届けられようが、自分には些《いささ》かの関わり合いもない。

「陸上部なんだな。間違いないな」

背中に言葉がぶつかってくる。

え？　陸上部？

「貢！」

スマホを片手に光喜が飛び出してきたのと貢が振り向いたのは、ほぼ同時だった。光喜は大きく目を見開き、口を僅かに開けている。そこから、いつもより速い息が漏れていた。

グラスが落ち、牛乳が零れた。白い滴が四方に散る。見上げてくる視線を受け止め、貢はゆっくりと息を呑み込んだ。

信哉《のぶや》がぐるりと大きく腕を回した。

ラスト一周の合図だ。

碧李はペースを上げる。上げられるだけの余力は残っていた。

身体に問う。

まだ、いけるよな。

身体が答える。

もちろん。

碧李は地を蹴り、加速する。

「加納、走れ。思いっきり、走れ」

これは監督の声だ。東部第一高校陸上部監督、箕月衛《みつきまもる》の指示がはっきりと聞き取れる。調子のいい証だ。調子を崩せば、ほとんどの感覚が鈍麻してしまう。声援も、歓声も、指示もことごとくが雑音となり、土も風も匂いを失う。風景の色彩は褪せ、モノクロームの平坦な絵のようになるのだ。ただ味覚だけは妙に過敏になる。何を含んだわけでもないのに、吐きたいほどの苦みが口に広がっていく。

碧李は顔を上げる。

ゴールラインを見る。流れる汗が頬を伝い、顎から滴る。口の中に染みてくる。この味もいい。

調子はいい。けれど、最高ではない。

最高の調子で走っているとき、感覚は消える。無音の、無臭の、無味な世界に包まれる。ゴールだけが存在する。駆け抜ける白い線だけがくっきりと浮き上がる。

めったに出会えない状態だ。

「ミド、すぐ前に三堂がいるぞ」

　信哉が声を張り上げた。

「そのつもりで、走れ」

　三堂貢の背中。あのレースの間中、ずっと前にあった。ついに追い越せなかった背中だ。乱れはなく、緩みもなく、正確に淡々とトラックを走っていた。見事な走りだった。

　おれは世界と戦うと、三堂は言い切った。世界と戦い、勝つと断言したのだ。はったりではないだろう。戯言でも夢物語でもない。世界と戦い、勝つ。それを現実にできる力を三堂は有している。

　そういう背中を追う。

　追い、並び、前に出る。

　ゴールが迫ってくる。一気に駆け抜ける。束の間だが息が痞《つか》えた。大きく口を開けて空気を吸い込む。全身から汗が噴き出し、滴になり、土の上に落ちて小さな染みを作った。

「タオルです」

　一年生マネジャーが大きめのタオルを肩にかけてくれた。

「ありがとう」

汗を拭き、息を整え、水分を補給する。それから、辺りにぐるりと視線を巡らせた。まだ、日差しには夏の名残の熱がこもっているけれど、風はそれとわかるほど涼やかになっている。空の青が澄んで美しい。その青が透けて見えるほどの薄い雲が、風に乗って流れていた。

野球部、サッカー部、テニス部……。東部第一高校のグラウンドでは、陸上部の他にも幾つかの運動部が活動している。生徒たちの若い掛け声が捩《ねじ》れ合い、縺《もつ》れ合って一つの音になり、秋めく風景の中に融けていく。

ゴール地点では箕月監督とチーフマネジャーの久遠《くどう》信哉が熱心に話し合っていた。二人とも真剣な面持ちだ。信哉の右手にはしっかりとストップウオッチが握られていた。

碧李が近づくと、信哉がちらりと目を向けてきた。

「どうだった」

問うてみる。

「おまえのタイムの話か、おれの体調のことか」

「おまえの体調なんてどーでもいい。まったく気にならないから」

「冷たいね」

「おまえに熱くなってもしょうがないからな」

「ざっとマイナス二秒」

「うん？」

「三堂と走ったレースタイムより、さらに二秒近く縮んだ。つまり、14分21秒台ってことだ。正確には14分21秒84。どうだ、何か感想があるか」

「別にない」

「余裕だね。このタイムで喜ばないって、もしかして不感症か」

14分21秒84。胸躍る記録だ。少なくとも、これまでの碧李には手の届かなかった数字ではないか。

「たいしたもんだぜ。何なんだよ、このチョースーパー進化ぶりは」

信哉が真顔で呟いた。腰を痛め、ハードル選手から転身した信哉は、このところとみにマネジャーとしての存在感を増してきた。記録には残らないし、脚光を浴びることもないけれど、信哉の成長には目を見張るものがある。それは競技者がそれぞれの種目で新たな記録を打ち立てるのに匹敵する快挙、ではないだろうか。

人というのはすごいものだ。

どんな可能性を秘めているか、計り知れない。自分自身でさえ気が付かない鉱脈を奥深く抱えている。

水を得た魚のように生き生きと動く信哉を見ていると、ふっとそんなことを考えてしまう。考え、苦笑してしまう。

ちょっと、爺臭いな。

人について、他者について、あれこれ考えるのも感じるのもひとまず後回しだ。今は、己のことだけに拘ればいい。

どう走るか。

どう戦うか。

どう勝つか。

14分21秒84。まだだ。まだまだだ。これでは三堂貢に追いつけない。ついていくことさえ、できないだろう。

食らいついていかねばならない。振り切られないように食らいついていって初めて、チャンスが生まれる。

時折だが、心が揺らぐ。

見惚《みと》れるほどに美しかったあの走りにどこまで迫れるのか。不安に胸が騒ぐ。不安は暗く重く重なり、絶望に近いものに化す。

人はみな可能性を持つ。

けれど、巨大な可能性、天賦の才を生まれながらに手にした者もまた、いる。三堂貢は、間違いなくそういう者の一人だ。

圧倒的な能力、強固な意志、弛《たゆ》まぬ努力。全てを持っている相手と対等に渡り合えると、おれは本気で思っているのか。挑んでも挑んでも弾き返されるだけ、砕け散るだけじゃないのか。

たまに心が沈む。

そういうとき、碧李は走った。トラックを、ロードをひたすら走った。走りながら、あの背中を見る。走るためだけにそこにあった背中を思い出す。すると、重苦しさが消えていくのだ。心が軽くなり、身が軽くなり、走りが軽くなる。

獲物が目の前にあるじゃないか。

追い掛け、襲うべきものがいるのだ。

その現実に高揚する。打ちのめされるのではなく高揚する。身体の奥底から突き上げてくる高鳴りを確認し、碧李は一人、笑むのだ。

大丈夫だ。不安も絶望もねじ伏せられる。戦うことに怖《お》じる気はない。おれは狩るのだ。狩る者として走れる。

そう信じられる。うん、大丈夫だ。

「明日からの練習、市営競技場の方に移せるか」

箕月が言った。碧李ではなく、信哉にだ。

「大丈夫です。三時から六時半まで使用許可をとりました。室内のジムは夜八時まで使用可能です。明後日も同じ条件で許可がおりています。ばっちり練習できますよ」

「さすが、抜かりはないな。おまえにしろお杏《きょう》にしろ、うちの部は名マネジャーに恵まれてる。ありがたいことだ」

「ありがとうございます。今度、泰々軒のラーメンと餃子、奢ってください」

「どうしてここで、ラーメンと餃子が出てくるんだ」

「単に食いたいだけです。ラーメンと餃子。もうすぐ給料日でしょ、監督。よろしくお願いします」

「おれの給料の額を聞いたら、ラーメンをねだろうなんて気にはならんさ。けど……そうだな。今度、お杏も呼んで飯でも食うか」

「やったあ。おれ、フレンチのコースがいいです」

「泰々軒のラーメンと餃子だ。久々にお杏に連絡してみようか。あいつには、さんざん世話になりっぱなしだったからな。受験の労《ねぎら》いぐらいしなくちゃ罰が当たる」

「当たります、当たります。前藤《まえふじ》先輩が見事、志望校に合格したら、そのときはフレンチのコースでお祝いしましょう」

「おれの給料じゃ無理だって」

　箕月が口を窄《すぼ》める。

　碧李はその笑顔から、視線を逸らした。

　前マネジャーの前藤杏子《きょうこ》の白い小さな顔が浮かぶ。この前会ったとき、少し頰がこけて、そのせいか窶《やつ》れて見えた。杏子は国公立大の医学部を受験する。身を削るほど必死にならなければ合格は覚束ないと本人が言った。

　その言葉が嘘だとは思っていない。けれど、真実の一端しか語っていないとは思う。受験勉強に没頭することで、杏子は忘れようとしているのだ。箕月衛という男、監督とマネジャーとして過ごした日々、監督とマネジャーとしてだけではない想い、一方的な情動のうねり……、その一つ一つを忘れようとあがいている。受験勉強はそのための格好の手段なのだ。

　箕月が誘っても杏子は来ないだろう。まだ、元マネジャーとして平静を装いながらしゃべることも、ラーメンを食べることも無理だ。

　もう少し、もう少し時間がいる。

「加納、明日から練習メニューを一部変更する。その説明をするから、明日十五分早く部活に出てこい」

「はい」

「久遠、競技場までランニングするから、練習用具の貸し出しを申請しといてくれ」

「すでに済ませてあります。足りない物はありません。水やタオル等は部長先生の車で運びます」

「さすが、お見事」

「我ながら、手際の良さにうっとりしますね」

「その調子に乗る癖さえなければ、完璧なんだがな」

「これも個性っすよ、監督」

信哉が歯を見せて笑った。

碧李は空を見上げる。

明日も走る。三堂も走っているだろう。追うべき背中のない者は、何を糧に前に進むのだろうか。碧李には想い及ばない世界だ。

薄雲の広がる空を、燕が真っすぐに過《よぎ》っていった。

グラスが転がる。

牛乳の匂いが強くなる。

「貢……えらいことになった」

光喜が唾を呑み込む。貢は階段の途中で、動けずにいた。

チャイムが鳴った。

ピンポーン、ピンポーン、ピンポーン。

ずいぶんと忙《せわ》しい。誰かが連続してチャイムボタンを押しているのだ。千賀子《ちかこ》が眉を顰めた。

「こんな時間に誰かしら」

声に不安と戸惑いが混ざる。

母の一言に促されるように、碧李は壁にかかった丸時計に目をやった。飾りも仕掛けもないただ丸いだけのアナログ時計は、その分頑丈で、もう何年も律儀に針を回し続けている。

午後十時二十分。

確かに訪問者が来るには適さない時間だ。このマンションの一室には、母の千賀子と碧李と妹の杏樹《あんじゅ》三人が住む。父はいない。別の市で別の家庭を作り、暮らしている。

千賀子は市立の総合病院の薬剤師として働いているけれど、同僚がこの時間に突然やってくるなんて、まず考えられない。

ピンポーン、ピンポーン、ピンポーン。

訪問者の苛立ちを示すかのように、チャイムは途切れることなく鳴っている。築十年をとっくに過ぎたマンションのセキュリティはかなり杜撰《ずさん》で、エレベーターホール以外には防犯カメラは設置されていない。

「嫌だわ。杏樹が起きちゃう」

千賀子は眉を顰めたままインターホンに手を伸ばした。立ち上がり、母を制する。

「いいよ。おれが出る」

予感がした。

外をろくに確認もせず、ドアを開ける。

予感は当たった。

久遠信哉が立っていたのだ。自転車を飛ばしてきたのか、走ってきたのか息が荒い。頰に汗が二筋、流れている。

「すまん。こんな時間に。けど……」

信哉が見上げてくる。妙に気弱な眼つきだ。碧李は身体をずらして、軽く顎をしゃくった。

「入れ」

信哉は一つ点頭すると、緩慢な足取りで中に入ってきた。

「あら、久遠くんだったの」

「おばさん、すみません。ちょっとミドに用事があって」

「別に構わないけど、どうしたの」

「はあ。ちょっとばかり……」

千賀子は碧李と信哉を交互に見やる。パジャマの上に羽織っていた薄手のカーディガンの前を押さえ、腰を上げた。

「じゃあ、明日早いから、お先に休ませてもらうね。久遠くん、ごゆっくり」

足早にダイニングキッチンを出ていく。

２ＤＫの一間を自室にもらってはいるが、母と妹の寝室との間仕切りは襖《ふすま》一つで、話し声が丸聞こえになるのだ。何かしゃべりたいことがあるなら、この場所を使うのが一番いい。

「おばさんに気を遣わせちゃったな」

「気を遣ったんじゃなくて、気を悪くしたのかもな」

「あ、やっぱ、時間的にＮＧだったか」

「違ぇよ。〝おばさん〟さ」

「へ？」

「おまえ、おふくろのこと〝おばさん〟って呼んだろ。それに、カチンときたのかも」

「えー、まさか。〝おばさん〟の他にどんな呼び方があるんだよ。まさか〝千賀子さん〟はねえだろう」

「だな。〝おねえさん〟は無理だしな」

「いくら美人でもおまえのおふくろさんだぜ。もろ、ヨイショじゃねえか。無理無理、無理すぎるって」

碧李はグラス一杯の水を信哉に手渡した。信哉は喉を鳴らし、一気に飲み干す。

微かな電車の音がした。

千賀子の生まれ故郷であるこの町から県庁所在地の市に向かう最終電車だ。当たり前だけれど、いつもこの時刻に遠くから響いてくる。夜のせいなのか、距離のせいなのか、普段何気なく耳にしている音とは異質の清澄さと優しさを感じる。

ことん。信哉がグラスを置く。底に僅かに残った水が電灯の明かりにぬらりと光った。

「清都の陸上部で揉め事があったらしい」

水の飲み方と同じように一息に、信哉は告げた。

「揉め事？」

「ああ、まだ詳しくはわからないが、何人かの部員が飲酒で補導されたんだとよ。クスリやってたんじゃないかとか、酔った勢いで通りがかりの女を襲ったとか、止めようとした部員を殴って怪我をさせたとか、ほんとか嘘かわからない噂みたいなものも広がってる。つーか、ほとんど確かな情報はないんだけどな」

信哉が息を吐き出す。

「おまえ、それをどこで知ったんだ」

信哉はジーンズのポケットから黒色のスマホを取り出した。

「今はこれさえあれば、たいがいのことはわかっちまうからな」

「清都の情報を集めていたわけか」

「まさか。おれはスパイかよ。たまたまだ。たまたま、数人の生徒たちが補導された現場を見た誰かが、それをSNSで流す。後はあっという間さ。真実も嘘っこもごっちゃにはなるけどあらゆる情報が流れ込んでくる。おまえみたいな、アナログ人間には理解できない世界なんだよ」

そこでもう一度、信哉は息を吐き出した。

「もっとも、〝走る人〟がデジタルなわけねえよな。自分の脚だけで勝負するんだから」

「どこまでが確かなんだ」

声音が上ずらないよう、力を込める。胸筋の下で心臓が鼓動を速くし始めた。喉の奥が痞えるようだ。

「おれに判断できるかよ。でも、清都の陸上部員が何かをやらかしたってのは、間違いないらしい」

「三堂は？　まさか、その中にはいないよな」

いるわけがない。

あの三堂貢が〝何かをやらかして〟補導されたなんて、あまりに現実離れしている。碧李は、三堂のことを何程も知らない。深く知りたいとは思わないし、知ったからといって何が変わるわけでもない。しかし、三堂の走りがどういうものかは、わかっている。全てではないが、わかっているつもりだ。

余計なものことごとくを削ぎ落とした走りだった。順位とか記録とか、勝敗そのものさえ余計なものだと感じさせてしまう走りだ。そういうランナーが、ランナーである三堂が走る以外のことで何かをやらかすわけがない。

「いるわけねえだろう」

信哉が不機嫌な口調で答えた。

「三堂がいてみろ、こんなちゃちな騒ぎじゃおさまらなくなってるさ。今も、あの三堂貢の所属する清都の陸上部がって言われ方してんだ。見てみるか」

「いや、いい」

信哉の差し出したスマホをちらりと見ただけで、かぶりを振る。

「キョーミ、ねえってか」

「まさか」

「だよな。ないわけねえよな」

興味というより、気になる。胸の底が炙《あぶ》られているみたいだ。気になる、とても。

一体、何が起こっているのか。何が起きようとしているのか。これからどうなるのか。

一カ月後、陸上の県大会が開かれる。さらに大会二週間後には地方予選が控えていた。ここでの優勝者が全国に進める。五千メートルは記録にもよるが、基本的に優勝者一名しか全国への出場権を摑めない。

正直、今の自分が三堂に勝てるとは思えない。しかし、おめおめ負けるわけにはいかないとも思うのだ。

せっかく、巡り合えた。

奇跡のように出会えた。

あの走りに挑んでいける。

その機会を取りこぼす愚だけはおかさない。ゴールラインをまたぐまで、諦めない。ここまでだと、自分の走りに見切りをつけない。

食らいついていく。あの鋭利な、刃のように鋭利な走りに肉薄してみせる。何があっても放さない。

しかし、それは競技の中での話だ。レースそのものに三堂がいなければ、ただの空回りでしかない。食らいつく相手がいないまま、牙をむいても滑稽なだけだ。

「そうだな」

信哉がスマホを仕舞い込んだ。

「あれこれ知っても、おまえのアナログ頭じゃ仕分けできねえよな」

「おまえは仕分けできんのか」

「まったく、できません」

信哉が両手を上げた。お手上げの格好のつもりらしい。

「だいたい、今の時点で何が真実で何が嘘かなんて仕分けできるのは本人たちだけさ。その本人たちだって真実をしゃべるかどうか、わかんねえよな。うーん、けど、清都の陸上部がごたごたしてんのは事実だな。この時期にごたごたして、それが外にだだ漏れちゃってるのってどーよ。相当、やばいんじゃねえか」

「どうやばいんだ」

あえて、問うてみる。

鼓動はさらに速くなる。一走りした後のようだ。ただし、爽快感は欠片《かけら》もない。ただ息苦しく、重苦しいだけだ。

信哉は無言だった。唇を結んだまま、黙っている。

「ノブ」

「うん？」

「何で、わざわざ知らせに来てくれたんだ。おれはアナログ人間かもしれないけど、さすがにスマホぐらいは持ってる。家電の番号だって、おまえ知ってるだろうが」

「暗唱できるぐらい知ってるぜ。何なら、今、披露しようか」

信哉の冗談を聞き流し、話を続ける。

「なのに、わざわざこの時間におれん家までやってきた。なんでだ？」

「尋問かよ。素直に吐いちまえ、楽になるぞ的な」

「カツ丼はないけど、コーヒーならある。淹《い》れてやろうか」

「コーヒーか。おれ、坂田と付き合い出してからコーヒーに、ちょいとうるさくなってな。豆の良し悪しがわかるんだよな」

「うちにはインスタントしかないから」

「下々の家庭はそんなもんだろう。インスタントコーヒー、ブラックで一つ頼むわ」

湯を沸かし、青い花模様のカップに注ぐ。黒褐色の液体が揺れる。

「おまえ、坂田と付き合ってたんだ」

「そうなんだ。妬くなよな」

「いつからだ」

「うーん、呼び出されてヘンテコな喫茶店、ほんと、もろ喫茶店としか言いようのないレトロな店なんだけど、そこでコーヒー奢ってもらって、まあ、そこそこやりとりをするようになったって経緯《いきさつ》かな。まだ、深い仲になったわけじゃないから安心してくれ」

「この件で、坂田に連絡とったのか」

コーヒーを一口すすり、信哉はゆっくりと首を横に振った。

そうだろうなと思う。

「聞けないっしょ。こんなあやふやなジョーキョーで。おれは部外者なんだし……」

「しかも、他校の陸上部のマネジャーだしな」

「ミド」

信哉が囁くように碧李を呼んだ。

「さっきの質問だけどさ、答えていいか」

「どうぞ」

「ありがとうございます。つーても、よくわかんねえんだよな。最初、まさかと思って、あちこち探ってみてもはっきりしたことはわかんなくて……面白半分の噂話みてえのはごろごろしてんだけど、肝心なところはよく摑めなくて……」

「ああ」

軽く相槌を打って、碧李は自分のグラスに麦茶を満たした。コーヒーよりずっと薄い琥珀《こはく》色の飲料は透明なグラスによく似合っている。

「そしたら、急に変な気分になって。こう、ムラムラしてくるっていうか、落ち着かないっていうか……」

「ムラムラはちょっと違うんじゃないか」

「うん。まあ、ちょっと違うかもしれない。いいよ、細かいとこに拘んな。ムラムラじゃなくてドキドキかもしんない。なんつーか、ほら。居ても立っても居られないっての？　身の置き場がないみたいな気分になって……。どうしていいかわかんないのに、何かしなきゃいけないと思ってさ。それで、その何かがたぶん、おまえに知らせに行くことだったんだよな。気が付いたら、チャリにまたがって疾走してた。疾走っても、おふくろのママチャリでタイヤがパンクしてるっぽかったから、ちっともスピードが出なかったんだけどさ」

「電話じゃ駄目だったわけだ」

「うん。こういうの生じゃなきゃ駄目な気がして……。スマホじゃ上手く伝わらないって思っちまったんだ」

そこで信哉は声を上げて笑った。

「生でも上手く伝わんねえけどな。なあ……ミド」

「何だよ」

「清都の陸上部、どうなるんだろうな」

「ああ……」

見当がつかない。

「何かあったのは確かだし、その何かがやばいのも確かだ。おれが言えるのはそこまでだけど、やっぱり、これ、やばいよな」

「ああ、だろうな」

碧李は信哉よりもさらに語れることが少ない。ただ、学生スポーツにおいて不祥事がどれくらい忌み嫌われるか、そこには思案が届く。高校生らしからぬ振る舞い、言動の類は厳しく罰せられるし、排除もされる。まして、それが反社会的なものであれば許されるわけがなかった。

当たり前といえば当たり前だ。

どんな罪でも、たとえそれが故意でなかったとしても、犯したのなら償わなければならない。そう、当然なのだ。けれど、その罰は個人にとどまらず広がってしまう。清都の陸上部員が何かをしでかし、それが罪に値するものならば、罰則は陸上部全体に適用されるだろう。

もう何年前になるか。

号泣する男を見た記憶がある。

碧李はまだ小学生で半パンをはいていた。突然に両親を失った杏樹を千賀子が引き取った直後であったかもしれない。まだ父母は離婚していなくて、碧李は加納とは別の姓を名乗っていた。父と母と自分、三人の暮らしの中に突然、入り込んできた小さな存在に戸惑いと物珍しさとどこか温かな気持ちを抱いていたのを覚えている。杏樹は父の弟、碧李の叔父にあたる人の娘だが、交通事故で逝った親の顔は記憶にないはずだ。千賀子がいつ真実を話すつもりなのか、一生黙っているつもりなのか推し量れないけれど、半パンのころの碧李はむろん、そこまで思いを馳せたりはできなかった。

愛らしくて、賑やかで、手のかかる面倒な妹にどう接していいか迷っていたころだ。

家から四、五百メートルほど西の交差点の先に高校があった。高校のフェンスに沿って緩やかな上り坂になっていて、上りきると小さな空き地があり、その先が碧李の家だった。

いつもの帰り道、フェンス沿いに歩いていると押し殺した泣き声が聞こえた。足を止め、周りを窺う。

一瞬、恐怖を感じたほどの異様な声だった。少なくとも、それまで碧李が耳にしたことのないものだ。絞り出すような、地の底から滲み出てくるような重い、籠った響きがあった。いつもはそこそこの人通りのある道が、どうしたわけか無人であったのも恐怖をかきたてた。

しかし、恐怖はすぐに消えた。声の主を見つけたからだ。フェンスの向こう側に倉庫らしき木造の小屋があって、陰に隠れるようにして男が一人、しゃがみ込んでいた。しゃがみ込み号泣していた。

野球のユニフォームを着ていた。練習用のものらしく、何の名前も入っていない。地面にへたり込み、帽子で顔を覆い、男はむせび泣いていた。その声は低く重く漂い、消えていく。けれど号泣していると感じた。身体全部が震えていたのだ。こんな泣き方があるのかと、小学生の碧李は驚き、打たれた。

暫く立ち止まっていたけれど、はっと思い至った。

聞いてはいけなかったのだ。

こんな泣き方をする男を目にしてはいけなかったのだ。

走って、その場を離れる。

男が、自分の声を聞き、姿を見た小学生に気付かなくてよかった。心底から思った。

その高校の野球部で不祥事——部室で数人の部員たちが喫煙していたとか——が発覚し、野球部自体の活動が半年間停止されたという話を知ったのは、それから十日も経《た》ってからだった。

高校の野球部にどれほどの実力があったのか、甲子園を狙えるだけの強豪だったのか、今でもわからない。ただ、あの声だけは、耳にこびりついてしまった。

今、碧李はあの野球部員と同じくらいの年齢になっている。だからといって、全身で泣いていた男の胸中を慮《おもんぱか》るのは無理だ。けれど、自分に置き換え考えるぐらいはできるようになった。

自分が懸命に打ち込んでいたものを唐突に奪われる。それは本人にとって理不尽であっても、大人にとっては〝致し方ない処分〟というものになってしまう。そして、どれほど理不尽に感じても、決定された事項に従わざるを得ない。

しかたない、しかたない、しかたない。

でも、納得などどうしてもできない。

あの野球部員が心内で叫び続けていた一語一語が届いてくる。

「ノブ」

グラスを置く。炒った麦の香ばしさと一緒に唾を呑み込む。

「もう少し詳しいことわからないか」

信哉が瞬きをした。眉間《みけん》に浅い皺が寄る。

「三堂がどうしているかとかか」

「三堂がレースに出られるかどうかとかだ」

うーんと信哉は唸り、唇を結ぶ。ややあって、僅かに頷いてみせた。

「むろん、やれるだけはやってみる。けど、おれがあたふたするまでもなく、清都の陸上部がどうなるかはわかるんじゃないか。何があったのかははっきりしねえけど、まさか揉み消しちまうわけにはいかないだろうし、誰かが責任を取るって……誰かって、まさかあ監督とか部長とかってヒトなんだろうけどよ、責任取って辞めるとかで決着つくんじゃないのかねえ。今までだって、たいてい、このパターンだったたっしょ」

「活動そのものはどうなるんだ」

「そんなの、おれにわかるわけねえだろう」

「今までのパターンからいけば、だ」

信哉は目を細め、立ったままの碧李を見上げた。

「清都が活動停止になるかどうかって尋ねてんのかよ」

「そうだ」

「それも、わかるわけねえだろう。けど可能性は多分にある」

「そう思うか」

「ばりばり思う」

信哉がコーヒーをすする。半ば冷めたインスタントコーヒーを飲み下し「美味い」と言う。

「多分どころか、九十九パーセント影響しちゃうだろうな」

「県大《けんたい》はどうなる」

「三堂か……。そりゃあ、部の活動が休止してるんだったら出場はできないだろうな。

いくら、走るのは一人だといったって、清都学園の陸上部員だから出場権があるわけで、そこが消えちゃうなら、いくら三堂が天才だからといってひっくり返すわけにゃいかねえよなあ。つーか、そんな力、ないし」

天才だろうが超人だろうが、覆すことは不可能だ。

信哉の言う通りだ。

碧李は窓の外に目をやる。

閉じきっていないカーテンの隙間に闇が覗いていた。闇しかなかった。

そうか、こんなにも不自由なものだったんだな。

こんなにもきっちりとした枠の中で走っていたんだな。

束の間、目を閉じる。

三堂と走った一時が浮かび、過ぎていった。

レースではない。ランニングだ。普通の道を二人で走った。二十キロのランニングコースだった。

この近くに、ちょっとした公園があるだろう。そこから街中を抜けて川土手をずっと走る。五、六キロ走れば上り坂になって、上りきったところにも小さな公園がある。そこを折りかえし点にすれば、ちょうど二十キロのランニングコースだ。

三堂はこれ以上ないほどに端的にコースの説明をしてくれた。それから、公園に二宮金次郎の噴水があると笑った。頭から水が噴き出す仕掛けがおかしいと言うのだ。トラックの外で会えば、意外によく笑うやつなのだと思った。

その後、行方不明になった杏樹を一緒に捜してくれたりもした。それで案外いいやつだと感じ入るほど単純ではないし、三堂が〝いいやつ〟で括《くく》れてしまうような柔《やわ》な相手ではないことぐらいは心得ている。ただ、快適だった。三堂自身ではなく、三堂と走った二十キロが心地よかったのだ。

風景が染みた。

花の香りがして、土が匂った。

三堂はほれぼれするほど緻密な走りをした。精緻な工芸品を思い浮かべる。精緻で美しい。幾重にも光に取り巻かれている。けれど、脆《もろ》くはない。落としても、叩きつけても、砕けたりはしない。精緻で美しく強靭な走りだった。

碧李は感嘆していた。感嘆しながら、二十キロを走り通した。

花は香り、土は匂ったけれど、二宮金次郎の噴水はとっくに壊れていて、一滴の水も噴き出さなかった。

至福の時間だった気がする。

枠はなかった。

三堂も碧李も高校生でもなければ、陸上部員でもなかった。

ランナーであるだけだった。

あの心地よさは、何なのだろう。どこからきたものなのか。

「ミド、殴るなよ」

不意に信哉が身を竦めた。

「殴る？　おれがおまえを殴るのか」

「そう、ガツンと一発」

「理由は？」

「これからおれの言うことに、おまえがものすごく怒っちゃうから」

「おれを怒らすんだ」

「うん。あのなあ、ミド。これって、チャンスなのかな」

本気で碧李の一発を避けようとしているのか、信哉がイスごと、下がった。イスの脚が床に擦れて、不快な音を立てる。

碧李は黙り込む。信哉の言わんとすることが理解できた。

「三堂がいなければ、今度のレース、おまえがダントツで一位になるのは確かだぜ。そうすりゃ、全国は目の前だ。そーいう事情って、どうよ？　おまえ、ちらっともそんなこと考えなかったか」

視線が絡む。信哉を見詰めたまま、首肯する。

「考えなかった」

「おれは考えた」

信哉が唇を突き出す。すねた子どもの表情を作る。

「もしかして、東部第一高校陸上部、加納碧李にとってチャンスじゃないのかって、ちらっとだけど……いや、ちらっとの二倍ぐらいは考えた。目の前の壁が急に消えたようなもんだからな。怒んなよ。おれは正直に話をしているだけなんだからな。殴ったら、嚙みつくぞ」

歯をカチカチと鳴らす男がおかしくて、ふっと笑んでしまった。

「怒りはしないけど、へこみそうだな」

「へこむって……」

「ノブはおれが到底、三堂には敵わないって前提で話してる。長いこと一緒にやってきたのに、信じてもらえてなかったわけだ。いや、落ち込む。かなりのダメージだ」

「え、いや、待てよ、ミド。それは誤解で」

「まあ、数字上から言えばしかたないよな。誰が見ても、明らかな差がついてるもんな。けど、そういう数字や記録じゃなくて、ノブだけは、おれを信じてくれてるって思ってたんだ。ノブだけは、おれが三堂に勝てるって信じていてくれると」

「待て、待て、待ってくれ。違うって、信じてるに決まってんだろ。おれがおまえのこと疑ってどーすんだよ」

「だったら、チャンスだなんて言うな」

信哉の瞼がひくりと一度だけ動いた。

時計の秒針が時を刻む。

チッ、チッ、チッ、チッ、チッ、チッ、チッ、チッ。

止まることなく刻み続ける。

「ノブ、おれは三堂と走りたいんだ」

ああと呟き、信哉が横を向いた。

「わかっている。おまえが三堂と走りたいのも、走って本気で勝つ気なのもわかっている。わかってんだけど……つまんないこと聞いちまったな。おれもちょっと混乱してんだよ。これから先、何がどうなるのかわかんなくて、それで……それで混乱して、おまえに会いに来たのかもな」

これから先、どうなるか。

碧李もまた混乱していた。鼓動は一向に落ち着かない。

三堂、どうしてるんだ。

おまえ、走れるのか。

窓の外、漆黒の闇に向かって問いかけてみる。心内の言葉はどこにも届かず、淡々と闇に融けていった。

嵐の中で

見上げると、空が焼けていた。

一色ではない。

紅、橙《だいだい》、薄紅、淡いピンク。遠く霞む山際から空の中ほどに向けて、絶妙なグラデーションを描いている。西方の空はまだ沈み切っていない光を受け金色に輝いているのに、東の空はスミレの花弁を思わせる濃い紫に変わろうとしていた。

「うわぁ、きれい」

「すごい空だね。マジ、神ってる。ね、撮っとく？」

傍らを通り過ぎる女子高校生が弾んだ声を上げた。清都学園の制服を着ている。白いブラウスも笑っている顔も、うっすらとオレンジ色に染まっていた。

光喜は止めていた足を前に出す。

軽く、驚いていた。

空の変化の妙にではなく、この時刻にすでに夜の気配が漂い始めていることに、だ。

暑くて、蒸して、なかなか暮れない空を恨みがましくも忌々しくも感じていたのは、ついこの前だったのに。

我ながら、爺臭いな。

胸の内で自分を嗤《わら》ってみる。

季節の移ろいの早さに戸惑うなんて、まったくもってオッサンの域に入っちまってる。

苦笑してしまう。

「なに、笑ってんです」

横合いから不意に声を掛けられて、軽くどころではなく驚いた。もう少しで声を上げそうになったぐらいだ。歩きかけた足がまた、止まってしまった。

「平石……」

新聞部の後輩、平石新太《しんた》の大きな顔が目の前にあった。

身長百八十二センチ、体重非公開の巨漢は、身体に釣り合わない小さな目を瞬かせた。

「あっ、驚かしちゃいました。すみません」

「別に、驚いちゃねえよ」

歩き出す。風が頬を掠《かす》めて過ぎた。涼やかを通り越して冷たいと感じるほどの風だった。

「またまた、先輩、珍しく〝ぎょっ〟って顔してましたよ。びっくりしたんでしょ。ね、絶対、びっくりしましたよね」

「おまえ、おれを驚かせたかったのか」

「いやいや、まさかまさかです。先輩が驚くのって確かに珍しいし、見物じゃあるけどスクープにはなりませんもんね。あ、先輩、待ってくださいって。どうして、そんなにとっとと行っちゃうんです」

体軀に似合わぬ素早さで、平石がまた横に並ぶ。

光喜はわざと舌打ちの音を響かせた。平石は僅かに身体を縮めたけれど、気に掛ける風はまったくない。

もう一度、舌を鳴らす。

「おまえこそ、何でおれにくっついてんだ」

「いや、帰る方向が同じなんで」

「嘘つけ。おまえ、バス通じゃねえか。しかも、停留所はあっちだろうが」

道路の反対側に顎をしゃくる。ついでに、虫を追い払う仕草で手を振る。平石は眉間に皺を寄せ、唇を尖らせた。

「先輩、そこまで邪険にしなくてもいいじゃないすか」

「おまえが、纏《まつ》わりついてくるからだよ。さっきまで顔合わせてたんだから、いいかげんうんざりしてんだ。どっかに行け」

ああ、と平石は吐息を漏らした。

「部会、厳しかったっすね」

「全コン前だからな。みんな、ぴりぴりしてるんだ」

「先輩が一番、ぴりぴりしてました」

「おれが？」

三度《みたび》足が止まった。止まったまま、平石を見上げる。

「おれが、ぴりぴりしてたって？」

「そうすよ。あれ、気が付いてなかったんですか。一年生部員なんて『坂田先輩、何か怖い』って縮こまってたじゃないですか」

清都学園の新聞部は、これまで何度も全国コンクールで最優秀賞を獲得してきた。スポーツ関係の部ほど騒がれないが、知る人ぞ知る名門中の名門なのだ。

光喜自身、清都学園に進学したのは新聞部に入部するためだった。

中学二年の秋、その年全国コンクールで最優秀賞と読者賞の二冠に輝いた『清都トリビューン』を手にし、読み、心が震えた。

不登校の男子生徒の一年を追った特集号だった。

一切の感情を排したかのように淡々と事実を記した後、一転して学校側、行政側の対応がいかにおざなりで不適切であったかを鋭く批判する。さらに、自分たちを取り巻く教育現場の問題にまで迫っていた。さらにさらに、加害者とも被害者ともなりうる生徒自身への指摘をも含んでいたのだ。

戦っているなと感じた。

きれいごとで上手くまとめるのではなく、書くべき真実を書く。その姿勢を貫いている。記事を手がけた者の誇りが伝わってくる。

そこに惹かれた。どうしようもなく惹かれた。

光喜は戦いたかった。

書くという行為を武器とも盾ともして、戦いたかった。

誰と戦うのか。

敵とは何者なのだ。

問われれば口ごもる。明確にも、具体的にも答えられない。それでも、撃つべき相手はいるのだと思う。正体は摑めない。そう容易《たやす》く摑めるわけがないとも思う。摑めないからこそ、挑みたい。隠れたものを引きずり出したい。

そんな想いの諸々を語ったことは一度もない。他人に告げるものではないはずだ。自分が忘れなければいい。諦めなければ、捨てなければ、屈しなければいいのだ。

貢もそうだろう。

従兄弟の横顔を思い浮かべ、唇を嚙む。

あいつも戦っている。記録とか勝敗とかそんなわかり易いものではなく、もっと、もっと……。光喜はかぶりを振った。

貢のことは、いい。今は、自分がどう戦うかだ。

「どうなるんですかね」

平石が息を吐き出した。本人はため息のつもりなのだろうが、ぶわっと音が聞こえるほどの勢いがある。

「何の心配だ？　また、体重が増えたのか」

「体重は春から三キロ、減りました。我ながら、顔がすっきりしたなと毎朝、鏡を見るのが楽しみです」

「いいな、おまえは。おめでたくて」

「どういう意味です」

「たいした意味なんか、ねえよ」

「ですか。で、どうなるんですかね。おれの体重のことじゃなくて、『清都トリビューン』の紙面です」

光喜は返事をしなかった。黙ったまま、歩く。

「特集のテーマを決めなきゃいけないのに、今日の部会でもイマイチというか、ぱっとしたやつが出てきませんものね。さすがに、この時期このジョーキョーはやばくないっすか」

「やばいっすよ、かなり。てか、他人事《ひとごと》みたいな言い方すんな。おまえだって、新聞部の一員なんだろうが。やばい状況の真っただ中にいるんだからな。自覚しろ、自覚を」

「先輩」

平石の声音が低くなる。くぐもって聞き取りにくい。

「陸上部の件、特集できませんかね」

ほとんど無意識に立ち止まっていた。

「今回の陸上部の問題です。あれ、どう思います」

見下ろしてくる後輩の視線を受け止める。そして、僅かながら息を詰める。

「おれ、誰かが提案するって思ってたんです」

平石が顎を引いた。

「でも、誰も言い出さないから、あれ？　って思って……」

「あれ？　って思ったなら自分で提案すりゃあよかったじゃねえか。うちには一年生は発言できないなんて規則はないぞ」

ううっと平石の口から唸り声が漏れた。

「そうなんですよね……、そうなんです、実はここまで出かかっていたんですよね」

自分の喉元を押さえた平石の指は太く、まるでタラコが並んでいるみたいだと光喜は胸の内で呟いた。

「出かかってたんです。でも……やっぱ、躊躇《ためら》っちゃって」

「躊躇った理由は何だ。手短に、かつ、正確に言ってみろ」

「え？　それはちょっと難しいな。えっと……何か言っちゃいけないのかなって自制したというか、自粛したというか……」

「だから、何で自制なり自粛をしたんだ。そこんとこをしゃべれって言ってんだよ」

「だって、うちの陸上部のことだし……。陸上部、三堂選手だけじゃなくて、けっこう選手が育ってるでしょ。今までは、野球部やサッカー部が目立ってたけど、これからは陸上部の活躍が注目されるんじゃないかって、おれ的には思ってたわけなんですよね」

タラコのような指をひらひら振って、平石はしゃべり続ける。口調がしだいに滑らかになっていく。

光喜はまた歩き始めた。さっきより、かなり速度を緩める。傍らを次々と人が通り過ぎる。空の紅色は褪《あ》せ始めて、暗みが広がろうとしていた。

人を急かせ、忙しい心持ちにさせる空色だった。

「そこに、この事件じゃないですか」

「事件かどうか、まだ、言い切れんだろう。おれたちが摑んでいる情報はあやふやで、噂の域を出ない。こうだって断定する材料がまるで揃ってないんだ」

「じゃあ、不祥事って言えばいいですか。陸上部に所属する部員数人が、不祥事を引き起こした。それは確かですよね」

「気になるなら、おまえが独自で調べて記事にすりゃあいいだろ。それを躊躇ってるのは、つまり、愛校心ってやつか？　大会を前にした運動部をこれ以上傷つけたくないみたいな気遣いかよ」

「陸上部の塩沢《しおざわ》監督、おれの担任なんすよね」

ため息を一つ吐き出した後、平石は指を握り込んだ。

「おれ、キホン、教師って嫌いなんすよ。小学校のときも中学校のときも、すげえ嫌な担任がいて、おれの身体つきをクラスメートの前で嗤ったりしたんです。特に中学ンときが酷《ひど》くて、『平石が前に座ると、後ろの者が迷惑だな。おまえは壁みたいなもんだから、壁際に行け』って、中一のとき担任に言われた一言はまだ覚えてます。それから、ついた渾名がカベですから。カベだからって、背中に落書きされたり、ポスターをべたべた貼り付けられたり、さんざんな目に遭いました。それでも、担任は見て見ぬ振りしてて。まったくもって、酷え話でしょ。今、思い出しても腹が立ちます」

平石のこぶしが前に突き出された。そこにいない相手を殴るかのように、横に動く。

「止めとけよ」

赤ん坊の頭ぐらいはありそうなこぶしをちらりと見て、光喜は首を振った。

「おまえが力任せに殴ったりしたら、かなりの確率で相手は死んじまうからな。殺人犯になりたくないなら、我慢しとけ」

「しました。夢の中では何度もぶん殴ったけど、現実には目も合わせないようにしてました。目を合わせちゃうとマジできれちゃうかもしれなくて、自分でもそれが怖かったんです」

「なるほど。おまえも、能天気なぼっちゃんじゃなかったってことだな」

「能天気でもぼっちゃんでもありません。おれん家、ただの美容院ですから」

「駅前の『ビーナス』って、あまりにもベタな名前の店だったっけ」

「そうです。おふくろが一人でやってます。担任のやつ、おれが沈んでるのを心配したおふくろに何て言ったと思います」

「『平石くんは、協調性に欠けます。周りに壁を作る傾向があるんです』とかかな」

げっ、と平石が声を上げげた。両目が大きく見開かれる。

「な、何でわかるんです」

「まあね。で、おまえが心の中で、『壁を作ったのはそっちだろうが』と突っ込む。まっ、キョーシ絡みのオチとしてはそんなとこだろう」

「ビミョーに違います」

「うん？」

「心の中じゃなくて、もろに言っちゃったんです。怒鳴ったって感じかな。『壁を作ったのは、先生じゃないか』って。担任、ぽかんとしてましたよ。マジで意味がわかんなかったみたいで」

「そりゃまた、最低レベルだな」

「でしょ。それに比べると、塩沢先生はまともなんです。百倍ぐらいまともで、けっこうイケてるんです。変にぶれないし、生徒の話をきっちり聞いてくれるし、味方にもなってくれるし……」

光喜はわざと大きく頷いてみせた。

「ああ、わかった。要点をまとめると、平石新太くんは、わが清都学園陸上部の監督であり、一年二組の担任である塩沢教諭を敬愛しているわけだ」

「敬愛は大げさすぎます」

「じゃあ、慕っている」

「それも些か、時代入っててピンときません。おれは、ただ単に塩沢先生が好きなんです」

「〝好き〟ね。応用範囲の広い言葉だ。では、平石新太くんは塩沢教諭が好きである。まともでぶれないと評価している。だから、今回の陸上部の一件を変に騒ぎ立てたくないと躊躇してしまう。記事にするだけの価値はあると思いつつ、塩沢教諭の名誉を傷つけるかもしれない問題に、これ以上、深入りしたくないと考えてしまう。ゆえに、今日の部会でも一言も発言しなかった。てとこか」

「まあ、概《おおむ》ね合ってます。ただ……」

平石はこぶしを開き、そこに息を吹きかけた。

「それじゃ、やっぱり駄目だと思い直したんです。記事にする価値があるのなら、記事にしなくちゃって」

「止めとけ」

「はい？」

「そんな中途半端な気持ちのまんま書いたって、ろくなものにはならないさ」

「けど、先輩」

「だいいちな、おまえは頭っから、陸上部の部員が不祥事を起こしたと決めてかかってる。まだ、何も明らかになっていないのに、だ。中途半端と決めつけ。二つ揃ってるんだ。最低じゃねえか。中学のカベ担任に匹敵するぐらい最低だ。おまえの書いた記事なんて、読む前から丸めて捨てられるぞ」

「丸めて捨てるの先輩じゃないですか」

十字路に出る。青く点滅していた横断歩道の信号が赤に変わった。

「どこまで付いてくるつもりだ」

「先輩はどうして、何も言わなかったんです」

巨体がずいと近寄ってくる。壁とまでは言わないが、大型の盾くらいには感じられた。ちょっと気圧《けお》される。

「おれの事情をいちいちおまえに伝える必要、ねえだろう」

「三堂選手ですか。やっぱ三堂選手のこと気にして、記事にできないでいるんですか」

攻めてくるね、こいつ。

光喜は黙ったまま、信号を凝視する。

攻めてくる。ただし、見当違いの方向をだ。

「そりゃまあそうですよね。一緒に住んでて、毎日顔を合わせてるわけだし。いろいろと思うところが、ぐふっ」

平石が身体を曲げて、よろめく。中年のサラリーマン風の男が眉を顰め、非難の視線を向けてきた。モラル不足の高校生たちが、路上で悪ふざけをしていると思ったようだ。

「……な、なにするんです……」

「あんまり惚《とぼ》けた口をきくからだ。ふざけんのも大概にしろよ」

平石の腹に食い込ませたこぶしを開く。意外なほど硬い筋肉の手応えがあった。本気で殴っていたら、指を骨折したかもしれない。

やれやれ、危ないところだった。

我知らず、安堵の息を零していた。

「先輩……お、怒ってます？」

「別に」

「うわっ、怒ってる。マジで怒ってますよね。先輩、マジ怒りのときは、必ず『別に』って言いますもんね」

「いいかげんなこと言うな。そんな癖、ねえよ」

「先輩が気が付いてないだけですって。『別に』は先輩の怒りのバロメーターになるんですから。おれ的にはベツニ指数の高低で先輩の機嫌を測ってます。先輩って、一見、クールっぽいけど意外によく怒ってますよね。あ、ちょっ、ちょっと待ってください。暴力反対、絶対、反対っす」

指を握り込もうとする光喜の腕を押さえ、平石は頭を横に振った。

信号が青になる。

人々が一斉に、動き始める。

おれは怒っているのか?

横断歩道を渡りながら、光喜は自問していた。

おれは怒っているのか。本気で憤っているのか。

目の前に指を広げてみる。さっき、ここに響いた人の肉の感触をなぞる。重くて、硬くて、そのくせ生き物の温もりがあった。

だとしたら、誰に何に怒りを向けているのだ。

怒りはいつも胸の内にあった。

わかろうとしないものに、容易くわかった振りをするものに、誰かにわかってもらいたいと望む自分に、真実を覆い隠すものに、歪めるものに、操ろうとするものに、心が波立つ。熱をもって、心底《しんてい》を炙るものがある。

「おまえ、意外に熱いよな」

貢に言われた。

つい、この前だ。加納碧李の取材に関わって、あれこれ調べ、出歩いていたころだった。できれば、加納の中学生時代まで遡って取材したいと考えていた。その伝手《つて》を探していた。

朝食を終えて、スマホをいじっていたとき、

「おまえ、意外に熱いよな」

一言を不意打ちのように投げつけられた。

顔を上げる。視線が縺れた。

「熱心だと言ってくれ。全コンが近づくとOB連中からのプレッシャーがハンパねえんだ。『伝統に泥を塗るな』とか『清都トリビューンに相応《ふさわ》しい紙面にしろ』とか。はは、

そこらへんは運動部と同じかもな。伝統とか歴史とか、ほんと、みんな好きだよな。おかげでこっちは振り回されて、うんざりってわけだ」

「振り回されているようには、見えないけどな」

貢が右肩だけを軽く竦めた。

光喜はリビングのガラス戸から差し込む光に、目を細める。細める振りをして、視線を逸らせる。

それだけだった。

貢はそれ以上、何を付け足すでもなく、言い募るでもなく出て行った。走りと同じく、余計なことを極力削ぎ落とした話し方をする。それだけに、時折、向けられる一言一言が記憶に残ってしまう。

意外に熱いよな。

あの熱いは、むろん熱心の意ではない。わかっている。わかっていて、ごまかした。他のやつなら、ただ薄く笑うだけでやり過ごしただろう。けれど、貢の言葉は、それが呟きであってもけっこう衝撃がある。

「おれ、先輩みたいに怒れるようになりたいんです」

呟きが聞こえた。

貢ではない。ここに、貢はいない。ここではなく……どこにいるのか。陸上部は今日の活動を停止している。もしかしたら、明日以降も活動を休止することになるかもしれない。その可能性は、相当に高いだろう。

貢は今、どこで何をしているのか。

部室で事のあらましを聞いているのか。現実を受け止めかねて、呆然と佇んでいるのか。まさか泣いてはいまいが、混乱してうずくまったままでいるのか。それとも……。

怒っているだろうか。

理不尽な現実に憤り、奥歯を嚙みしめているのかもしれない。

「おれ、なかなかまっとうに怒れなくて……。怒りの感情って、難しいっすよね。表に出すの……。怒鳴り散らしたり暴れたりしたら、ただの傍迷惑《はためいわく》なやつだし、言葉にしたら生意気で厄介なやつってスタンプ、押されちゃうし。そういうの考えたら、ついつい我慢しちゃうんです。どんなに腹が立っても、呑み込んじゃうんですよね」

平石がもそもそとしゃべる。

「担任にはぶつけたんじゃないのか」

「いやあ、それも中途半端で、担任が『何のことだ？』って真顔で問うてくるもんで気持ちが萎えちゃったんです。こっちはマジで怒ってるのに、暖簾に腕押しってのか、糠に釘ってのか、ともかくまるで駄目でした。おふくろが隣で、止めろ止めろって目配せしてくるし、何にもわかってない相手にこっちだけマジな怒りをぶつけても、しょうがないなあって……」

「嘘つけ」

「は？」

「おまえが拘ってるのは、何にも気付いてない間抜けな担任じゃなくて、親の目配せや内申書のこと気にして強く責めきれなかった自分の弱っちさだろうが」

ぐぐぐっ。

平石の喉が鳴った。さっきより、幾分低く、濁った音だ。

「さすが坂田先輩。痛いとこ突いてきますね」

「突かれたくなかったら、離れろ。くっついてくるな」

「いや、おれ、キホンMなんで。本音の痛いとこ突かれると、痛いけど快感なんす。なかなか、突いてくれる人もいないし」

「明るいうちに口にする台詞《せりふ》じゃないね」

「そうすか。でも、時々、怖くなります。こんな、へらへらしてたら、そのうち怒りの感情みたいなのが磨り減っちゃって、すんごく鈍くなっちまうんじゃないかって。そうなったら、致命的ですよね」

「新聞部の部員としてか」

「ジャーナリストとしてです」

「怒るにしろ、喜ぶにしろ、嘆くにしろ、感情が鈍くなったらジャーナリストとしては致命的なんじゃねえの」

「ですね」

平石が口を結ぶ。

怒り、喜び、嘆き……そうだ、どんな感情でも鈍麻させればそこで終わりだ。何も感じず、何も考えず、流されてしまう。

光喜は身体を震わせた。

身体の芯が冷えていくほどの恐怖を感じたのだ。

感情の中で、真っ先に衰え鋭利さを失っていくのが怒りだ。相手を傷つけ、自分にも切りかかる厄介で危険な感情を、人は持ち続けられない。

怖いからだ。

白刃にも似たそれを鞘に収めて仕舞い込むことで、何とか平静や穏健を保っている。

けれど、仕舞い込み過ぎたらどうなるんだろう。

光喜は空を見る。

赤黒い空は不気味だった。さっき、一瞬でも目と心を奪った輝きは、色合いは、もうどこにもない。この時季の風景は留まることを知らず、短時間で移り変わっていく。

仕舞い込み過ぎた怒りは、鈍麻どころか錆びて使いものにならなくなる。他人にも自分にも自分を取り巻く壁にも、常識にも現実にも世間なんて得体の知れない代物にも、かすり傷一つ残せない。ただ、ジョリジョリと不快な音をさせて、散ってゆくだけだ。

「坂田くん」

不意に呼ばれた。微かな煙草の匂いが漂う。

「坂田くんだろ。清都学園、新聞部の」

青いジャケットを羽織った長身の男が後ろから回り込み、光喜の前に立った。三十代だろうか、日に焼けて引き締まった顔立ちをしている。見覚えがあった。

「ああ、山脇《やまわき》さん」

「おっ、覚えててくれたのか。光栄だね」

男、山脇良直《よしなお》が白い歯を覗かせた。笑うと、急に子どもっぽい表情になる。新聞部では一、二年に一度、プロのジャーナリストを招いて現場の話を聴く、いわば、外部講師による勉強会のようなものを催す。ＯＢの中には新聞社や雑誌社の記者、テレビの報道番組のディレクターなども多々いて、講師の人材には事欠かなかった。

山脇もその一人で、大手新聞社の地方局に勤務している。地方局は県庁所在地の市にあり、車で一時間ほどの距離だった。

清都学園新聞部で部長を務めたという山脇は、後輩たちのために駆けつけて、二時間近く語ってくれた。OBの話というと往々にして自慢や説教や激励に堕ちてしまいがちだが、山脇は具体例を幾つも挙げて、しかも、個人名などは巧妙に暈《ぼか》しながら、取材の心得や失敗談、成功例を伝えてくれた。

光喜が聞いたどの講演よりもおもしろかった。だから、よく覚えている。

「きみを摑まえられて、よかった。ちょっと尋ねたいことがあって」

山脇の笑みが広がる。

取材相手を萎縮させせない。不快にさせせない。警戒させせない。そのためには笑顔はかなり有効だと、他ならぬ山脇が教えてくれたのだ。

光喜は眉を寄せていた。

頭の中で危険信号が点滅する。

「うちの陸上部のことですか」

山脇の唇が丸まった。

「ほう、さすがに勘がいいな。そうなんだ。陸上部というより三堂選手のことが知りたくてね。きみ、従兄弟なんだろ。今回のことで、三堂選手はどんな風だろうか。聞かせてもらえないかな」

「今回のことってのは、どういうことなんです」

「坂田くん、質問しているのはこっちなんだが」

「質問したいのは、こっちも同じですよ。おれたちは、まだ何にも知らされていません。学校側がちゃんと知らせてくれるのかどうかも、あやふやなままです。山脇さん、教えてください。陸上部の不祥事ってのはどんなもんなんです。真実はどうなってるんですか」

一歩前に出る。山脇はその分、後ろに引いた。

「陸上部の活動はどうなります。停止ですか。休止ですか。三堂選手だけでなく、部員はどうなります。これからの試合に出場できるんですか」

「いやいやいや、ちょっ、ちょっと待ってくれよ、坂田くん。今のところ、まだこちらも詳しいことは摑んでないんだ。何しろ、高校生のことでもあるし、学校も警察も正式な発表をしていないので下手に動けないんだよ」

「それなのに、何で三堂選手のことを調べてるんです」

「出遅れないためさ」

山脇がもう一度、笑う。愛想笑いだった。

「高校の運動部の不祥事なんて、有《あ》り体《てい》に言ってそうニュース性はない。せいぜい小さな囲み記事で終わりだろうな。清都学園の陸上部はそれほど花形ってわけでもないしね。陶山《とうざん》あたりなら話は違ってくるだろうが」

かつて貢の在籍していた校名を、さらりと出してくる。

「しかし、三堂選手はまた別格だ。これから、日本の陸上界を背負っていく選手になる可能性、かなりあるだろう。注目度もどんどん高くなる。そういう選手の周りで起こった事件。おもしろいじゃないか」

「おもしろいからって記事にするんですか。貢……三堂選手にしたらいい迷惑ですよ」

「きみは思わなかったのかい」

山脇の眉がひょいと上がる。

「これは、おもしろいと思わなかったのかな、坂田くん」

光喜は日に焼けた新聞部の先輩の笑顔を見やる。それから、傍らをすり抜けた。

「失礼します」

「あ、ちょ、ちょっと待ってくれよ」

「話なら、そのでっかい後輩から聞き出してください。何でも、知ってますから」

「はあ？　さ、坂田先輩何を言ってるんです。知るわけないでしょ」

平石の慌て乱れた声が背にぶつかってくる。無視して、歩き続けた。足を速め、ほとんど駆けるようにして家に辿り着く。

息が切れた。

玄関のドアにもたれ、一人、喘ぐ。

呼吸を整える。

吸って、吐いて、吸って、吐いて……。汗が目に染みた。

「何してんだ」

目を開けると、貢が立っていた。

白いスポーツウェアを着ている。手に水のボトルを握っていた。

「……おまえこそ、何をしてんだよ……」

「走ってた」

「は？」

「部活が中止になったから、ランニングをしてたんだ。それがどうかしたか」

「いや……」

そうか、走ってたのか。

呆然と佇むでも、うずくまるでもなく走っていたのか。

「中に入りたいんだけど」

「ああ、こりゃどうも」

光喜は取っ手を手にして、うやうやしく腰を折った。

「どうぞ、皇帝陛下」

貢はにこりともせず、中に入っていく。

そうか、走っていたか。

動悸が徐々に収まっていく。光喜はゆっくりと息を吸い込んだ。


図書室は静まり返っている。

一瞬、無人かと思い違いをしたほどだ。

無人どころか、かなりの人数がいるようだ。スマホが全面的に禁止されているからなのか、一息吐く余裕がないのか、誰もが俯いてペンを走らせていた。

受験が刻々と迫ってきている。国公立大学への受験者が多い東部第一高校の空気は、この時期辺りから、肌に感じるほど強く強張り始める。

碧李は少しの間、躊躇っていた。受験を控えた三年生の雰囲気に、気圧されるようだ。レース前、競技場に漂う緊張感とは明らかに異質の張り詰め方だ。ちょっと苦手かもしれない。

帰るか。

踵《きびす》を返そうとしたとき、背中を叩かれた。

振り向いて、小さく息を吸う。

「先輩」

東部第一高校陸上部の前マネジャー、前藤杏子が立っていた。指を小さく動かし、碧李を促す。

こっちへ。

杏子は身体を回すと、軽い足取りで階段を下りていった。碧李も後に続く。

先輩、また、痩せたな。

杏子の後ろ姿に思う。もともと華奢な体形ではあったが、以前はもっと丸みがあった。今は制服のブラウス越しでも、肩の骨ばった様子が見て取れる。首も腕も、一回り細くなったみたいだ。

碧李は視線を逸らし、奥歯を噛み締める。

何やってんだ、おれ。

無防備な相手の背中にしげしげと見入ってたなんて……。

ひどい不格好を晒したような心持ちになる。もう一度、さっきより強く奥歯を嚙み締めてみた。

「加納くん」

三階から二階に下りると、杏子が不意に振り向き、「お茶、しようよ」と誘ってきた。思わず、「えっ？」と間の抜けた返事をしてしまった。杏子は真顔のまま、首を傾ける。

「忙しい？」

「いえ……暇です」

「じゃあ、ちょっとだけ付き合って」

「あ、はい」

碧李が頷くと、杏子はまた背を向けて歩き出した。お茶をと誘ったわりには、にこりともしない。むしろ、生真面目に引き締まった顔つきだった。

二階の廊下の端はちょっとしたフリースペースになっていて、飲み物の自動販売機二台と丸テーブルが五脚、ベンチが一脚設えられている。ただそれだけの空間だが、生徒たちは冗談半分でカフェテリアと呼んでいた。実際、隣接する購買の品揃えが意外に充実していて、パンや飲み物の他に焼きそばだの各種の握り飯だのデザートだの、冬場限定だがおでんまで売っているものだから、買い求めた昼食やおやつをここで摂《と》る者もけっこういる。

昼食時間なら、各テーブルに四つずつついているイスも、壁際のベンチもたいていは満席になってしまうのだが、午後四時を回ったばかりの時刻、人気《ひとけ》はほとんどなく、ベンチの上に忘れ物なのかカラフルな色合いのポーチが一つ、ぽつんと置かれているだけだった。

「飲み物、何がいい？」

自動販売機の前で杏子は生真面目な表情を崩さず、問うてきた。

「え？　いや、いいです。自分で買います」

「あたしが誘ったの。飲み物ぐらい奢ります」

そこで、杏子はやっと笑みを見せた。薄くリップクリームを塗っている唇の間から、ちらりと歯が覗く。

「あ、じゃあ、コーヒーを」

「コーヒー？　えっと……、ホットでいいよね。身体は冷やさない方がいいでしょ」

「はい」

「砂糖とミルクは？」

「ミルクだけお願いします」

「了解、座ってて」

窓際の席に座る。

グラウンドが見えた。来週から始まる定期試験のために、クラブ活動は全て休止になっている。グラウンドに人影はまばらで、誰もが帰宅を急いでいるのか、そそくさと歩いている。

碧李たちが毎日走っている場所とはまるで異質だと感じる。静かで硬い。穏やかな、でも、確かな拒否さえ放っているようだ。

今年は夏が例年よりずっと早く過ぎていった。そんな気がする。窓の外の桜も葉は半ば変色し、先が縮んでいる。ちょっとした風にも散ってしまいそうだ。光は赤みを濃くし、日が暮れるのがずいぶんと早足になった。

「お待たせ」

杏子がテーブルの上に紙コップを置いた。

「はい、どうぞ」

「ありがとうございます。じゃあ、遠慮なく」

杏子は碧李に向かい合う位置に腰を下ろした。

「加納くん、図書室でテスト勉強するつもりだったの」

「はい。古典の成績がマジでやばいんです」

「じゃあ、邪魔しちゃったね。加納くんの古典の成績がやばかったら、あたしにもちょっとは責任あるかも」

「いや、一応思い立って図書室に行っただけです。教科書広げたとたんうたた寝してた可能性、かなりありますし」

「うたた寝は駄目よ。身体の調子を崩すから。大会も近いし、健康管理はきちんとやらなくちゃ。体調のピークを試合にきちんと持っていくことができたら」

そこで口をつぐみ、杏子は首を左右に振った。

「やだ、またマネジャーっぽくなってる」

イスの上で身じろぎして、ほんの少しだが唇を尖らせた。口調も僅かだが、ぶっきらぼうになる。

「抜けないんだよね、この癖」

「抜けなくてもいいんじゃないですか」

「そう？」

「ええ、先輩がマネジャーらしいのって、何か落ち着きます」

杏子は紙コップを持ち上げ、柔らかく笑んだ。ストレートの紅茶の入ったコップだ。

「そっか……そうだよね。加納くんは、あたしのマネジャーの部分だけしか知らないものね」

碧李は顎を引いて杏子を見やり、すぐに目を逸らした。

知らない？　そうだろうか。

おれは、先輩のことをほとんど何も知らないのだろうか。知らない、確かに……。でも、知っているのがマネジャーとしての部分だけというのは違う。

おれは知っている。

碧李は視線を手元の紙コップに落とした。焦げ茶色の液体が揺れて、コーヒーが香る。湯気がふわりと上がって香りと混ざり合い、鼻腔を刺激する。

この人が誰を想っていたかを知っている。その想いをまだ、断ち切れていないこともわかっている。

「コーヒー、いつの間に飲むようになった？」

杏子がコップに唇を付ける。紙製だけれど、青地に白い線が幾本も交差する模様のおかげか安っぽくは見えない。もしかしたら、模様ではなく杏子の細い指が添えられているからかもしれない。

「以前は、まったく飲まなかったよね」

「ええ、飲み出したのつい最近です。ノブの影響かな」

「久遠くんの？　うーん、嗜好品を選手に勧めるのは、マネジャーとしていかがなものかしらね」

「あ、いや、違います。別にノブから勧められたわけじゃありません。ただ、あいつ、もろ受け売りなんですが一時、やたらコーヒー豆知識的なものをしゃべってて、聞いてたら何だかコーヒーが特別な飲み物っぽく思えてきただけです」

　杏子が瞬きをする。

「それ、意外」

「ですか？　ノブはそういう雑学っぽい知識、わりと好きですよ。前からけっこう蘊蓄家であれこれしゃべってました。ゆで卵の殻の上手な剝き方とか、お好み焼きの起源とか、クレオパトラの身長についてとか、マジで聞くほどじゃないけど、おもしろい話題をわりにたくさん持ってるんです」

「あたしも聞いたわ。ジャージーがイギリスのジャージー島で作られていたとか、チーズの栄養価についてとか……いろいろとね。けど、意外だったのは久遠くんじゃなくて加納くんの方」

「おれ？」

「うん。加納くんでも、他人に影響されることあるんだって、ちょっと意外だったの」

杏子は紅茶を一口すすり、ほっと息を吐いた。

「加納くんて、滅多に他人の意見ていうか、存在みたいなものに気持ち左右されないよね。芯がぶれないって、すごいなって感心したこと何度かあるよ。その加納くんに影響与えちゃうんだから、久遠くんもなかなかだな」

「買いかぶり過ぎですよ。おれ、ぶれまくりだし」

わざと苦笑いを浮かべる。

見当違いの、買いかぶり過ぎだ。

そんなに強くない。むしろ、弱い。

他人の存在に振り回されて、自分も自分の走りもすぐに見失ってしまう。見失ったことを他人のせいにして、なるべく傷つかないように背を丸めてしまう。

何という弱さだろう、脆さだろうと、身体も心も竦むことさえあるのだ。杏子の言葉が本気なら、加納碧李という人間を完全に見誤っている。

「ぶれてる？　そうかな……。じゃあ、さらにすごいじゃない」

「どういう意味です」

「あたしには、加納くんがぶれてるなんて思えなかった。あたしの眼が曇ってたとかじゃないはず。自分で言っちゃうのもどうよって感じだけど、これでもマネジャーやってるうちに、選手の内側とか見抜くの鋭くなったなって思うの。そう簡単にごまかされたりしない」

「先輩が鋭いの、骨身に染みてわかってます」

今度は、本当に苦笑していた。

杏子は鋭い。

いいかげんな嘘や曖昧な言い訳など通用しない。マネジャーになったばかりのころ、三年生の女子選手に膝の故障を指摘した。その選手は四百メートルリレーのメンバーに選ばれるために、膝の不具合を隠していたのだ。杏子は監督の箕月と前後してそこに気が付いた。箕月は選手の僅かなフォームの乱れから、杏子は先輩の口調の重さから、相手の異変を悟ったのだ。その話は東部第一高校陸上部の逸話の一つとして、碧李の耳に入ってきた。

「あれはかなり尾鰭《おひれ》がついてんの。というか、むしろ、あたしの暴走、赤っ恥の記憶になるわけ。監督はね、あたしよりずっと先に気が付いてたんだけど、黒沼《くろぬま》さん、その先輩の名前ね、黒沼さんに故障のことを言い出すタイミングを計ってたわけ。なるべくショックを与えないようにって。それを、あたしがしゃしゃり出たもんだから、みんなぶち壊しになっちゃって、監督の気遣いなんて吹っ飛んじゃったのよ。あたしも、マネジャーになったばっかで、すごい気負ってたのね。ああ、今、思い出しても恥ずかしい。ほんと恥ずかしい。黒沼さんにも監督にも申し訳なさ過ぎて、マネジャーやめようかって本気で悩んだ時期もあったぐらい」

いつだったか何かの拍子に杏子がぽろりと打ち明けた。頬が染まって、両眼が潤んでいた。本当に居たたまれないほどの羞恥を覚えていたのだろう。杏子がやめなかったのは、黒沼という先輩から「陸上部の面倒をしっかり見てよね」と頼まれたからだそうだ。「何か大人な人だったな。あたしのこと、全然、責めも怒りもしなくて、『頼むわよ』なんて……あれ、励ましだもの。そういうの、なかなかできないよね」

そうですねと頷いた記憶がある。碧李は黒沼の顔も人物も知らないけれど、冷静で気丈な人なのだろうと推察はできる。そして、黒沼が杏子を責めなかったのは、監督以外誰一人として気付かなかった自分の故障を、あっさり見抜いた後輩に期待を寄せたからじゃないのか、とも考えた。とすれば、杏子は黒沼先輩の期待にしっかりと応えたわけだ。

「まあ、あたしの暴走はこっち側に置いといて」

紅茶の紙コップを横に置き、杏子は続けた。

「あたしなりに黒沼さんの故障には気が付いた。でも、加納くんがぶれまくっていたなんて、まるでわかんなかったの。加納くんて走ってるときは、漏れてこないんだよねえ」

「漏れる？」

「そう、しっかりシールド状態って感じだよ。走るってこと以外に何《なん》にも考えてないっていうか……読み取れないんだよ。余計なものがくっついてないのかな。それってすごくない？」

「いや……すごくはないでしょう」

「そうかな」

杏子が首を傾げる。窓からの光が頰を淡く照らしていた。

「あたしはすごいと思うけどな。走るためだけに走るって感じ……うん、やっぱりすごいよ。オリンピックの代表に選ばれるような人でも、けっこういろいろくっつけてるもんね。てか、くっつけられてるよね。師弟愛とか家族の話とか、故障を克服してきた過去とか、感動のドラマっぽいの」

「まあ、ありますね」

「でしょ。それが悪いとは言えないけど、本物の走る人って、他人が貼るレッテルなんて無にしちゃうじゃない。その人の走りに比べたら、ありきたりの感動のドラマなんかほんとちっぽけだって感じさせてくれるの。走りだけに純粋に心、動かされちゃう」

「ええ」

杏子の言っていることはわかる。

他者の押し付ける物語を意に介さず、走るために走る。本物のランナーの走りは強く美しく、しなやかだ。だから、人は魅せられる。

「加納くんのこと、あたし、そんな風に見てた」

「いや、勘弁してください。だから、ものすごい買いかぶりです。それこそ、恥ずかしくて穴から出られなくなっちゃいます」

「あはっ、そうか。そうだよね。加納くんも、やはりいろいろ考えちゃってるか」

考えている。重く、激しく、感情はうねってしまう。

勝ちたい想いがあり、負けたくない欲がある。

無にはなれない。

遠い昔、まだレースとしての走りを知らなかったころ、走りながら自分の何かが剝がれ落ちていく感覚を味わった。剝がれ落ち、身が軽くなる。透けてくる。それなのに、自分の形も鼓動もくっきりと鮮やかになるのだ。

とくっ、とくっ、とくっ。

とくっ、とくっ、とくっ。

鼓動が身体をなぞるのだ。軽くなり、透けていき、輪郭だけが確かなものになる。

この世に、ただ一人だと感じる。

ただ一人で走っている。ただ一人で生きている。

それが快感なのか、苦痛なのか、孤独なのか、あのころの碧李には解せなかった。いや、今でもわからない。そして、今ではあの感覚すらひどく遠いものになってしまった。

空っぽどころか、溢れ出るのだ。

勝ちたい想い、負けたくない欲。

囚われているのだろうか。

時折、そんなことを思う。

勝利に、記録に、順位に、レースに囚われて、もうあの鼓動を聞くことも、輪郭を感じ取ることもできなくなったのだろうか。

いや、違う。

おれが囚われているのは、そんなものじゃない。

コーヒーを飲み干す。舌に残る苦みが何となく嘘くさい。

「三堂くんは何を考えてたんだろうか」

唐突に、三堂貢の名を口にして、杏子は窓の外へ目を向けた。

「三堂……ですか」

「そう、三堂くん。彼はあのレース、何を考えながら走ったのかなって時々、思うんだ」

「それは、おれにはわかりません」

まるで見当がつかない。

おれは勝つ者だという絶対的な自信。碧李は三堂の背中にそれを感じた。

自信は自信であって、勝利を望む気持ちとも、勝ちをもぎ取る意志とも別のものだろう。だとしたら、あのとき、三堂貢は何を考えていた。何かを考えていたのか。何も考えていなかったのか。あれほど強靭で華麗な走りは、走る者の内側が透けて空になるからできるのか、過剰なほど渦巻くものがあって力に変わるのか。

やはり、見当がつかない。

三堂は天才だ。天から才能を授けられた。自分とは違う。その違い、その差は努力して縮められるものでも、まして、飛び越えられるものでもない。

だから、惹かれる。

だから、焦がれる。

あの背中を追い越すことに囚われてしまう。

「清都学園の陸上部。半年以上の活動停止だって」

杏子は青い紙コップを両手で包み込んだ。

「半年以上……」

「ええ、数人の部員が、町中で他校の生徒と喧嘩騒ぎを引き起こしたらしいの」

「喧嘩なら、どっちもどっちじゃないんですか。それとも、清都が一方的に悪かったってわけですか」

つい、身を乗り出していた。

「飲酒の疑いがあるんだって」

「あ……ええ」

「知ってた？」

あいまいに首肯する。

「はっきりとは、知りません。ノブから不確かな情報として聞いただけです」

そう、と杏子は睫《まつげ》を伏せた。

「部員たち、仲間の家でビールを飲んだ帰りだったそうよ。以前からちょくちょくそういうことやってたって。これもまだ確実な情報じゃないけど活動停止の方は確定みたい」

唾を呑み込む。

さっきのコーヒーのせいなのか、まったく関係ないのか判断できないが、嫌な苦みが口の中に広がった。

「半年って、じゃあ……」

「うん。清都学園の県大出場は絶望的だし、全国も当然、出場権はなくなるよね。下手したらインターハイにも間に合わないかもしれない」

唸っていた。

信哉から知らせを受けてから、心に引っ掛かってはいた。けれど、清都学園陸上部は今年いっぱいで廃部になるだの、部員同士の揉め事が表面化して収拾がつかなくなっているだの、かなりの数の退部者が出て部活動が維持できないだの、耳に入ってくる情報は大半が曖昧で、いいかげんで、どれをどこまで信じていいのか正直、迷うばかりだったのだ。

杏子の口調は揺るぎがない。確かな事実を告げるために、碧李をここまで連れてきたのだ。

「先輩、どうして清都の事情にそこまで詳しいんですか」

「調べたからよ」

「調べてわかるもんじゃないでしょ」

「まあね」

杏子は飲み干して空っぽになった紙コップを指で弾いた。乾いた小さな音を立ててコップは倒れ、転がる。

「実は、従兄弟の奥さんが清都で事務として働いてるって、この前、偶然にわかったの。わかっても、それが何か？　って感じだったんだけど、事件のこと知って、何か？　どころじゃなくなって、従兄弟に頼み込んで無理やり聞き出してもらったんだ。本当のことをね」

本当のこと、真実。

確かに知りたくはあったけれど、知ったからといって現実は何一つ変わらない。

「明日にも、清都学園側が事実と処分内容を発表するみたいだから、ぶっちゃけ秘密でも何でもないんだけどね。だからまあ、従兄弟の奥さんもあっさり教えてくれたんだろうけど。そうじゃなきゃ、他校の生徒にべらべらしゃべるわけないもの」

「飲酒をした部員って、何年生なんですか」

「わからない。個人情報になっちゃうところは絶対に明かせないって。まあ、そりゃそうだよね」

紙コップを拾い、杏子は素早く立ち上がった。

「ともかく、一日だけでも早く加納くんに知らせたかったの。加納くん、気にかかってたでしょ」

「はい」

「これですっきり……しないよね」

「しません」

「加納くん」

「はい」

「今度のレース、三堂くんはいないよ」

座ったまま、杏子を見上げる。

また、唾を呑み込んでいた。やはり、苦い。

「わかってる？　三堂くんは清都の陸上部に所属している選手の一人、つまり、当分、レースには出場できないってことだよ」

わかってますと答えようとしたが、上手く言葉にならなかった。高を括っていた。現実を舐めていた。

どんな厄介事が持ち上がろうと、三堂貢が三堂貢である限りレースへの出場権を剝奪されるわけがない。

心の片隅で、思い込んでいる自分がいた。しかし、現実というやつは甘くはなかったのだ。天才だろうが、どれほどの能力を有していようが、ぺろりと丸呑みしてしまう。

「走れる？」

杏子が覗き込んできた。

大きな眸《ひとみ》がすぐ間近にある。

とっさに問われた意味が解せなくて、碧李は瞬きを繰り返した。

「三堂くんがいなくても、走れる？」

杏子が声音を低くして、同じ問い掛けをしてきた。

「……もちろんです。おれは別に……三堂がいるから走ってるわけじゃないですよ」

「ありきたりの走りじゃ駄目よ。加納くんに相応しい走りができるのかって意味なんだから」

「おれらしい走りって何ですか。おれ自身が摑めてもないものを先輩はわかってるんですか」

「わかってるよ」

わざと嗤ってみる。摑んだ紙コップを無意識に握り潰していた。

「それは傲慢ってもんでしょ。わかってるんじゃなくて、わかってるつもりになってるに過ぎません」

口調が尖ってくる。眼差しも険しくなる。これでは、まるで口喧嘩、売り言葉に買い言葉ではないか。

おれは苛立っている。

碧李は横を向き、唇を嚙んだ。

苛立ちを抑えきれずにいる。そして、動揺している。

三堂のいないレース。あの背中を追うことも、越すこともできないレースに臨む。

「そうだね。わかっていると断言するのは、傲慢かもしれない。言い過ぎたかな。また、プチ暴走しちゃった」

杏子の物言いがふっと柔らかくなる。碧李は頭を下げた。

「すみません。せっかく、先輩が心配してくれたのに……。こっちこそ傲慢でした」

「謝らないで。言い直すから。あたしには、加納碧李って選手の走りがどんなものかちゃんと語れない。でも、この線上にあるんじゃないかって見当はつく。加納くん、ここを目指していけばいいんだって、あたしなりの見当だけど」

杏子はテーブルに両手をついて、前屈みになった。

「14分23秒66。あのレースだよ」

顔を正面に向け、前マネジャーの視線を受け止める。

「記録のことを言ってるんじゃないの。まだまだ、数字を小さくしていかないと駄目なのははっきりしてるものね。でも、あのレースでの加納くんの走りは、数字を超えていたと思う。これは、買いかぶりなんかじゃない。スタートからゴールするまで、加納くんの走りはぶれなかった。ほんとうに、ぶれなかった。安定って意味じゃないよ。そんな意味じゃなくて……えっと、上手く言えないんだけど、限界がないように感じたの。ああ、この人はこの些かもぶれない走りでどこまでも行っちゃうんだろうなあって、感じた。今まで誰にも感じたことなんてなかった。すごくしなやかで、強かったよ。あれが、加納くんの走りなんだよ。あたしはそう思ってる」

杏子の喉元が上下する。双眸《そうぼう》に強い光が宿った。

「でも、あのレースには三堂くんがいた。すぐ前を走っていた。もし、三堂くんがいなかったら……。加納くん、それでもあの走りをしなきゃ駄目だよ。あれをもっともっと進化させるの」

「……それは、前マネジャーとしてのアドバイスですか」

「違う。伝えたかっただけ。現役のランナーにアドバイスを送れるほど、あたしは陸上を知らない。だから伝えたかっただけ……。ううん、違うな。あたし、もう一度見たいの。加納くんのあの走りをもう一度見たくてたまらないの。それだけ」

杏子は身体を起こし、碧李の握り潰した紙コップも摘まみ上げた。自動販売機横のゴミ箱に捨てる。

「じゃ、勉強の邪魔してごめんね」

足音が遠ざかる。

背中でその音を聞く。聞きながら、テーブルの上でこぶしを握る。

三堂が走らない。走れない。

大きく息を吸い込み、ゆっくりと吐き出す。

そんなことがあるだろうか。

もう一度息を吸い、吐く。ガラス窓から差し込む陽光が空気をほどよく温めている。温かな空気は気道を通り、碧李の身の内にするりと入り込んできた。

追うべき相手を見失ったとすれば、どうすればいい？

胸が痞えた気がする。けほけほと頼りなげな咳が出た。

もう一度見たくてたまらないの。

杏子の声が頭蓋の中で反響する。碧李はゆっくりとこぶしを開いた。どれほど強く握り込んでいたのか、手のひらにくっきりと爪の跡が残っていた。

明け方の空

学校側からの説明が終わっても、立ち上がる者はいなかった。身じろぎすらしない。固まっている。凍りついている。そんな感じだ。

貢も動かなかった。ただ、視線は巡らせてみる。

強張って、ほとんど無表情にも見える塩沢監督の顔からゆっくりと横に移すと、女子部のキャプテン金井《かない》妃奈《ひな》と男子部キャプテンの森本《もりもと》順司《じゅんじ》がやはり強張った顔つきで立っていた。二人とも三年生引退後の、新チームのキャプテンだ。

森本は短距離選手としての成績は凡庸だが、大らかで明朗で感情に振り回されることもなく、かつ賢明という資質は、チームリーダーとしては最適だった。満場一致、男子部員の総意で選ばれた。

貢も清都学園の陸上部に入部してから、森本が声を荒らげたり、慌てふためいたりする様《さま》を一度も見たことがなかった。思い悩むような眼差しで佇んでいた姿は二度ほど目にしてはいるが。二度ともチーム内の記録会の後だった。

森本は思うように伸びない数字に、焦りも落ち込みもしていたのだろう。その焦燥を、落胆を眼差しには滲ませても、きちんと自分の内でケリをつけられる、外には漏らさず耐えられる男を貢はすごいと感じた。己で己を抑制する力を身につけている者は少ない。まだ十代であるなら、なおさらだ。だから、新チームのキャプテンを決めるさい、森本が推挙されたのは当然だし、積極的に推しはしなかったが納得は十分していた。目配り、気配りのできるリーダーの下で、部としてのまとまりはさらに強化されるだろうとの予感も抱いていた。貢自身は、まとまりのよいチームや部を望んでいるわけではない。ただ、人の集団は人の身体と似ているとは感じる。緩めば、まとまりも緊張も失い、崩れていくのだ。その崩れから瘴気《しょうき》が零れ落ち、知らぬ間に周りを侵していく。

身体なら病みとなり、集団なら悪意や嫉妬が露わになる。統制も支配も無用だけれど、冷静なまとめ役は必要だ。自分の身体は自分で管理できる。しかし、集団となると貢の手には負えなかった。

一人が好きだ。

誰かとつるむのも、安易に結びつくのも、馴れ合うのも嫌だった。嫌悪感すら覚える。自分が一人で生きているのではないと、生きていけるわけもないと、他者に支えられも助けられもしていると承知している。そこが理解できないほど、傲慢でも馬鹿でもない……つもりだ。そういう次元ではなく、ただ単に一人でいるのが好きなだけだ。他人と行動するのが苦手と言い換えられるかもしれない。

数日前、光喜に、

「孤高の天才ランナーってのはちょいイケてるかもしれないけどな、人付き合いのド下手な、人嫌いで無愛想な高校生となると、どうよ。カッコ悪すぎねえ？」

と、揶揄《やゆ》された。光喜は毒舌だし、辛辣だし、こちらの心内に遠慮なく踏み込んできたりもする。しかし、余計なことは言わない。遊び半分で、意味もなく相手を傷つけたりはしないのだ。ただ、自分の欲しいものを手に入れるためなら容赦ない。厄介なのは、光喜の欲しいものが金品といった有形物《ゆうけいぶつ》ではなく、情報、知識などの形のないものだということだ。このときも、揶揄の一言の後、光喜は身を乗り出して尋ねてきた。

「なあ、走ってるときって、マジで一人なわけ？」

反応すれば余計に面倒臭くなるとわかっていながら、つい、「一人に決まってるだろう」と答えてしまった。あまつさえ「陸上を団体競技だと思ってたのか」などと続けたのだ。さっきの揶揄のしっぺ返しのつもりだったが、かえって光喜のペースにはまっていた。

「けど、リレーは別として、個人競技のはずの長距離走なんかでチームを組むってやつ、あるんじゃね？　一人の選手を勝たせるために。他の選手がペースメーカーになったり、風よけになったりするって聞いたことあるけど」

貢も聞いたことはあるが、実感したことはない。

「それは勝つための作戦ってやつだろうが。選手個々の走りとは違うだろう。誰がどう関わってこようが、走るのは一人だ。誰かに助けてもらわなければ勝てないやつは、誰に助けてもらっても勝てやしない」

「なるほどね。他のやつだったら、カッコつけちゃってと嗤うとこだけど、おまえさんが言うと妙にリアルだよな。うんうん、けだし名言だ。けどさ、それなら一人で走るってのは、どんな気持ちなんだ？　楽しいのか？　淋しいのか？」

「質問攻めかよ。鬱陶しい」

「鬱陶しくても構わないさ。なあ、貢、どうなんだ。おまえ、一人が好きだから走ってるのか。それとも走り続けるってのは、一人にならざるを得ないってことと繋がんのかよ。走ってたら、完璧な孤独とやらになれるのか。ゴールしたとき、どうやって一人の世界から帰ってくるんだ。それに」

「うるさい。いいかげんにしろ」

怒鳴り、光喜に背を向ける。それでかろうじて、畳みかけてくる問い掛けを断ち切れた。自室に入り、ほっと息を吐く。吐いてすぐ、安堵の息など漏らした自分を恥じる。

一人が好きだから走っているのか。

走り続けるから、一人になるのか。

知るかと思う。

光喜とはいえ、他人だ。まったく別の存在だ。

自分が走る理由を、走り続ける意味を他人などに語ってたまるか。わかられてたまるかとも思う。強く、うねるように思う。

語ってたまるか。わかられてたまるか。それは、まだ貢自身手に入れていない答えなのだ。だから、語る言葉を持たない。他人から教えられ、指示されるものでもない。

走らない三堂貢に、何の意味もないだろう。

陶山高校陸上部監督、伊藤幸信《いとうゆきのぶ》の一言だった。面と向かって言われた。その一言を聞き流すことも、黙って耐えることもできなかった。監督と揉め、部からも学校からも去った。結局、高校陸上の名門校、陶山に貢が在籍したのは半年足らずだ。

走らない三堂貢に、何の意味もないだろう。

伊藤監督の言葉は今でも、時折、よみがえる。

それは違う。走ろうが走るまいが、おれはおれだ。走りに噛み砕かれるほど、柔じゃない。

そのことを証明したくて陸上を続けている。

誰でもない自分自身に答えを示せたと思った。いつか、走ることにこの手で決着をつける。そのために走っているのだと。

明快な回答だと信じていたのに、このところ、それが揺れる。

加納のせいだった。貢の後ろを走っていた男。ぴたりと貢の背後に張り付いてきた選手だ。張り付いてはきても、抜けなかった。追い越せはしなかった。あのレースだけじゃない。何度走っても、どんなレースでも結果は同じだ。

加納はおれを越せない。

確信しているのに、心にひっかかる。ひっかかって、やけに鼓動を速くさせる。

加納は笑ったのだ。

貢の背後にぴたりと迫ったまま、にやりと笑んだ。不敵で不遜で、いやらしいほど自信に満ちた笑みだった。

おれの後ろにいながら、ついてくるのがやっとだったくせに笑ったのだ。

その笑いの底には、貢を追い詰めるものがあった。

何が起こるかわからない。

そう思わせるだけの力が潜んでいたのだ。

あのときからだ。あのレースの後、貢にとって走る意味が変わってきた。自分の走りに決着をつけるためではなく、加納との間にケリをつけるために、まずは走る。

想いがそちらに流れていく。

光喜はおそらく、貢の変化を嗅ぎ取ったのだ。貢の拘りのベクトルが微妙に向きを変えたことに気が付いた。だから、揶揄すると見せかけて、巧みに突っ込んできたのだ。

おまえは何のために走っているのだ、と。

まったく油断も隙もない。

蹴飛ばせるものなら蹴飛ばしてやりたい。

光喜にしても、加納にしても、どうしてこうも一癖ありそうな、いや、確実にある連中が纏わり付いてくるんだ。

胸の中で考える。考えて、ほとんど無意識にかぶりを振っていた。

違う。光喜はともかく、加納は違う。

加納が纏わり付いてくるんじゃない。おれが拘っているんだ。

他人に拘る？　おれが？

薄暗くなり始めた部屋の中で、貢は微かに息を乱し佇んでいた。

あのときは、貢自身の想いに息が詰まるようだった。それでも、走るだけだ、走らなければ何も摑めないと思い直した。

そうさ、次のレースで加納をぶっちぎればいいだけだ。どんなに手を伸ばしても届かない背中があると、あいつに教えてやればいいのだ。力でねじ伏せてやる。

そう呟くこともまた、加納に拘っている証だと理性では承知していたが、目を逸らした。加納と走るレースを待ちわびている心にも、あえて気付かぬ振りをした。加納と走りたいと欲する気持ちを、無視した。

癪だったのだ。

悔しい。

加納に振り回されているようで、腹立たしい。

光喜に知られたら、「ガキかよ」と大笑されるかもしれないが、貢は己の苛立ちや期待や欲望を捨てることができなかった。

しかし、現実は貢の若い自負心などいとも簡単に砕いてしまう。獰猛《どうもう》な牙と爪で、ずたずたに引き裂いてしまうのだ。

一人が好きだとか、みんなが好きだとか、そんな情緒レベルの話など一蹴して、現実は壁となり貢の前に、清都学園高校陸上部全員の前に立ち塞がっていた。

貢は、キャプテンの顔を凝視する。

森本の頬には血の気がほとんどなかった。目を伏せ、唇を結び、黙って立っている。血の気のない頬が細かに震えていた。

「ということで……」

教頭が眼鏡を押し上げ、室内を見回す。

校舎の三階にある多目的ルームには、問題を起こした部員と風邪のため欠席した者を除いて陸上部に所属する生徒全員が集まっていた。夏で引退したばかりの三年生もいる。

「陸上部の活動は、当分の間……休止ということになります」

四十代の女性である教頭は、いつもよりくぐもった不鮮明な声で告げてから、身体を一度だけ震わせた。

「部員のみなさんからすれば、いろいろ言いたいことも、思うところもあるでしょうが、このような不祥事が起こってしまった以上、学校側としても部としても責任は取らないといけません。このまま、陸上部の活動を続けるわけにはいかないのです」

「いつまでですか！」

教頭の言葉を遮って、悲鳴のような声が上がった。イスの音をさせて、長い髪を一括りにした長身の女子生徒が立ち上がった。

二年生の女子部員、三輪《みわ》沙苗《さなえ》だった。沙苗の一声で、凍りつき固まっていた空気が動き出す。こぶしを握り、挑むように顎を上げて、沙苗は教頭を問い質した。

「いつまで休止になるんですか。いつから……いつから、活動が再開されるんですか」

「わかりません」

緩くパーマのあたった頭を教頭は左右に振った。

「まだ、明確な期間は決められていないようです。いずれ陸連から連絡があると思いますが……」

「一月《ひとつき》ですか、二月《ふた》ですか。それとも、それ以上になる可能性もあるんですか」

沙苗の横で、もう一人女子部員が立ち上がった。

「わたし、半年ぐらいは活動停止になるって噂を聞きました。それって本当ですか」

「だから、わからないの」

教頭の声音に苛立ちがこもる。

「どんな処分が下るか、今のところ何とも言えないの。ただ、こんな事件を起こした以上、学校側としては一時的にでも活動を止めておかなければ……」

教頭はそこで一瞬、唇を噛んだ。そして、低い声で「座りなさい」と命じた。二人の女子部員は顔を見合わせ、腰を下ろす。

「処分だとよ」

貢の後ろで、男子部員の誰かが呟いた。

「おれたち処分されんのか」

空気がざわめく。窓から差し込む光さえも、揺れたようだ。

「みなさんの悔しい気持ちも戸惑いもわかります。不安もいっぱいあるでしょう。でも、これで未来が閉ざされたわけじゃないの。どうか冷静に振る舞ってください。部活が再開されるのを待ってください。この上、何か問題を起こすと、陸上部そのものの存続が危うくなりますよ。いいですね。それぞれが自覚して、ちゃんと行動してください。ちゃんとね。問題起こしちゃ駄目よ」

教頭がふうっと息を吐き出した。それから、黙って立っている塩沢に顔を向ける。

「塩沢先生、わたしの説明はここまでです。後はよろしく」

そう告げると、急ぎ足で多目的ルームを出て行った。ドアが閉まるのを見届けて、塩沢が一歩、前に出る。

「みんな……申し訳ない。全て、おれの責任だ」

監督に頭を下げられ、部員たちのざわめきが大きくなった。

「教頭先生の言われた通り、これから先のことはまだ何もわからん。はっきりし次第、すぐにきみたちには伝える。もちろん、伝える。ただ……、ただ、当分、陸上部としての活動はできない。謹慎しなくちゃならないってわけで……。だから……県大会への出場も不可能になる……」

ざわざわと空気が波立ち続ける。波立つだけで、はっきりとした人の声にはならない。部員のほぼ全員が学校側からの説明の前に、事件のことは知っていた。寝耳に水だと驚いた者はほとんどいない。ただ、半信半疑の者は大勢いた。情報は飛び交い、いとも容易く手に入れられるけれど、その真偽を判断するのは意外に難しい。

何を信じればいい？

どこまでが真実なんだ？

あいつら、本当にこんなことヤラかしたのか？

マジか？　ガセだろ？　どうなってんだ？　誰か本当のこと教えてくれ！

部員たちの叫びや疑問符がＳＮＳで飛び交い、拡散していく。それに、きちんと答えられる者はいなかった。

今日、学校側からの説明を受けても、それが明確な回答だという気はしない。納得も、割り切ることもできなかった。貢だけでなく、部員の大半が同じ想いだったようだ。

「あたしたち関係ないじゃないですか」

沙苗がもう一度、立ち上がる。

「問題を起こしたのって、男子部員でしょ。どうして、あたしたち女子部まで一緒に謹慎しなくちゃならないんです」

語尾が震えていた。

三輪沙苗は女子高跳びの競技者で、塩沢監督の指導の許で驚くほど力をつけてきた部員の一人だ。非公式ながら県記録に並ぶ成績を収めている。県大会では、数字をさらに伸ばすだろうと期待されていた。それほど上り調子の選手だった。

「県大会に出場できないって、全国も駄目ってことですよね。そうですよね、監督」

塩沢の口元が歪む。緩慢な動きで首肯する。

「それって酷いです。無茶苦茶です。何のために……何のためにあたしたち今まで練習してきたんですか」

「三輪さん」

女子部キャプテンの金井が首を横に振る。戒める仕草だった。

「もう止めて。決まっちゃったことだから、今更、あたしたちが何を言っても……しかたないし……」

「どうして決まっちゃうのよ。あたしたちのことなのに、あたしたちの知らないところでどうして勝手に決められちゃうの。なんで、それに従わなくちゃならないわけ。妃奈はそれでいいの」

「沙苗」

「言ったじゃん。頑張ろうって、約束したじゃん。県大会でお互いに記録を塗り替えようって。それなのに平気なの。こんなのって、あんまりだって思わないわけ？」

沙苗の声音が引き攣る。金井の表情も引き攣っていた。言葉に煽《あお》られ、感情がさらに昂ぶったのか、沙苗は身体をわななかせた。

「男子のやったことでしょ。なんで、あたしたちまで巻き込まれなくちゃならないの」

「ひでえな」

男子部員から声が上がった。

「何だよ、自分さえよけりゃいいのかよ」

「自己チューの極みじゃねえか」

「ざけんなよな」

投げつけられる視線と非難に沙苗は歯を食い縛った。

「でも、三輪さんの言うことも、わかる」

今度は女子部員の声が起こる。あちこちから起こり、息遣いやイスの音とともに室内に響いた。

「そうだよ。あたしたち何にもしてないのに」

「おれたちだって、何にもしてねえよ。犯罪者みたいな言い方すんなって。ムカつく」

「ムカつくのはこっちよ。男子部の問題でしょ。あたしたちは、ずっと本気で真面目にやってきたんだし」

「だから、おれたちだってマジでやってたさ。言っとくけどな、おれたちだって被害者なんだからな。自分たちだけが悲劇のヒロインぶってんじゃねえよ」

「うわっ、最低の暴言。ドン引きする」

「監督」

言い争いを断ち切るように、手が挙がった。部屋の後方の一隅からだった。とたん、姿が目立つ。

三年生の席からだった。トレーニングウェアの一、二年生と違って、制服を着込んだ

諍《いさか》いの声が止む。

「質問があります」

促すように塩沢が首を縦に振った。

目の下にくっきりと隈ができている。頰がこけて、急に老けたようだ。監督の窶れに心が痛むことはなかったが、事態がひどく追い込まれているとは感じた。その事態には、塩沢の進退問題も含まれているのだろうか。

「監督はどうなるんですか」

貢の胸の内を見透かしたような問い掛けだった。

塩沢が身じろぎする。

「さっき、全て監督の責任だとおっしゃいましたよね。それって、監督が責任を取るって意味ですか」

問い掛けているのは、前キャプテンの樺浦《かばうら》だった。

「おれは、清都学園の陸上部の監督だ。陸上部については、全責任を負う立場にある」

硬い口調で塩沢は答えた。

「どんな形で責任を取るんです。例えば」

息と言葉をいったん呑み込み、樺浦は続けた。

「監督を辞任するとか、その可能性はあるんですか」

室内の空気が一瞬凍りつき、すぐにざわめき始める。

「まさか」「そんなの聞いてねえぞ」「マジかよ」「監督、辞めちゃうの」「辞任って。ありえねえでしょっ」「うそ、そんなのあり？」「もう、駄目じゃん、うちの部」「終わった」。そんな囁きはため息や身じろきの音と混ざり合って、音とも声ともつかぬものになる。それは室内にいる一人一人の胸に、不安や苛立ちを掻き立てた。

「おれの進退については、まだ何とも言えん。正直、それどころじゃなかった。問題を起こした部員たちの処遇が決まってからだと思っている。来週、この問題で臨時の父母会がある予定だ。それまでには、おれとしてもちゃんと進退を決めておくつもりだ」

「監督、答えになってません。監督の気持ちの中には、辞任ってものもあるんですか。それを選択する気持ちがあるんですか」

樺浦の渾名は、ずばり〝カバちゃん〟だった。苗字が由来ではなく、もっさりした大柄な体軀とのんびりと鷹揚な人柄が容易に河馬《かば》を連想させるからだ。

その樺浦が執拗に、鋭く塩沢を問い詰める。

「……樺浦、すまんが、本当に今の時点では、何も答えられんのだ。おれ自身がまだ事態を把握できなくて、あたふたしている。おれの先のことなんか考えられん。それが真実だ」

塩沢は正直に、誠実に答えようとしている。しかし、何一つ、明らかにはならない。

「わかりました。じゃあ……もう一つ、質問があります」

「うん。何だ」

「……とても嫌な、自分勝手な質問ですが……」

樺浦が言い淀む。

「かまわん、言ってみろ」

「あの……この問題って、おれたちの内申に……進学に影響するんでしょうか」

三年生の席にすっと緊張が走った。

「清都学園の陸上部のメンバーが不祥事を起こしたというのは、もう、すでに公になってます。おれのところにも、他校の知り合いから連絡が入ったりしてますから。おれは、おれたちは三年の夏まで陸上部に所属していました。それは、進学する上でマイナスになることなんでしょうか」

「それは、ない」

塩沢はきっぱりと言い切った。

「今度のことで、部員には多大な……ものすごい迷惑をかけた。監督としても、教師としても、大人としても申し訳ない気持ちでいっぱいだ。どんなに詫びても取り返しはつかん。しかし、それなりに、おまえたちに火の粉が降りかからないように、精一杯のことはする。受験を控えた三年生に動揺を与えるような真似はしない。陸上部に所属していたことがマイナスになるような、そんな事態には絶対にさせない。おれだけじゃなくて、学校側が一丸となって守るから安心してくれ」

樺浦がうつむいた。小さな吐息が漏れる。

「すみません。こんなときに……」

「いや、不安になるのは当然だ」

「なーんか、やってらんないなあ」

男子部員の一人が樺浦の三倍ほどの音を立てて、息を吐いた。

「陸上部の部員だってのが、マイナスになるんだってよ。そんなん、すげえ馬鹿にされた感じするよな」

「だよな。今まで頑張ってきたの何のため？　必死こいてやってきて、マイナスだの謹慎だの処分だのって、どうよ？」

「教頭センセの言い方にもムカつく。これ以上、問題起こすなって、どういう意味よ。おれたち犯罪者か」

「先輩たちはいいよなあ。直接の被害、ないし」

「おれたちばっか、損してるってわけか」

「くっそう。あいつら、ぶん殴ってやりてえ。つーか、顔見たら、マジで一発殴っちゃうかもな」

「土下座ぐらいしてもらって、いいんじゃないの」

「そうよ、ほんと、そう。このままじゃ、あたしたちの気持ち、どうにもなんないよ。土下座してもらっても、何にも変わんないけどさ。でも、悔しいもの。ああ、ほんと、悔しい」

「おれたちの方がヤケ酒とかいるんじゃね」

「止めろ」

塩沢が一歩前に出る。荒れて、棘《とげ》を含み始めた空気を払うように手を振る。

「頼むから自棄《やけ》になったり、軽率な行動をとったりしないでくれ。清都学園の陸上部は廃部になったわけじゃない。必ず、再開できるんだ。そのためにこれからできる限りの努力をする。いいな、部活が停止になろうが休止しようが、おまえたちが陸上選手であることは、間違いないんだ。森本、金井」

「はい」

両キャプテンは顔を見合わせ、森本が軽く頷いた。視線を巡らし、淡々と告げる。

「部活が停止している間の練習メニューを各自にラインで送る。基礎練とそれぞれの競技や状態に合わせて、監督が考案してくれたメニューだ。それに従って、自主練を続けること。部としてグラウンドや施設は使用できないが個人なら問題ないので」

「身体を鈍らせるな」

塩沢が監督の口調で言った。

「走り込み中心の練習メニューだ。この機に下半身の強化を、個々で徹底的に意識してもらいたい。市の運動施設、ジムなども自由に使えるように手配しておく。練習に迷ったり、不具合があればいつでも相談してくれ」

「監督」

手が挙がり、二年生の男子部員が立ち上がった。緩慢な、いかにも大儀そうな動きだった。

「退部はありですか」

「え？」

「部活、いつ再開できるかわかんないんでしょ。それなら、退部して他の部に移るのも、ありですよね」

「おい、西村《にしむら》」

隣の部員が質問した生徒の名を呼び、上着を引っ張る。

「おまえ、露骨すぎんぞ」

「けど、聞いとかなくちゃ」

ここそこそとした会話は貢の耳にも届いた。

「退部は自由だ。こんなことがなくても、やめるのも入るのも自由なのが部活の基本だからな。西村、どこか他に入りたいクラブがあるのか」

塩沢の問いに、西村はかぶりを振った。

「いやあ、そうじゃないすけど。いつまでも、うじうじしてるより、あっさり他のとこに移った方が楽かなって思っただけです」

「他ってどこだよ。調理部か？　茶道部か？」

隣の部員が茶化す。

「あっ、それも〝いいね！〟だ。ショージキ、運動部はもういいかって心境だかんね。ジョーヒンなとこに入り直そうかな」

西村の剽軽《ひょうきん》な言い方にも笑い声は起こらなかった。

「おい、三堂」

階段を下りきったところで声を掛けられた。帰宅を急ぐ生徒たちでごった返す昇降口の手前だ。

西村だった。

「おまえ、どうすんだよ」

「どうって？」

西村が軽く舌を鳴らす。短距離の選手らしく、しっかり筋肉の付いた脚を手のひらで擦る。

「部活に決まってんだろ。どうすんだ」

「練習するさ」

「走り込むってか」

「そうだ」

「後は筋トレとか体幹の強化とか」

「まあな」

ふーんと西村は言った。それから、ちらりと貢を見た。嫌な眼つきだ。貢は何も言わず背を向け、昇降口に向かう。

「陶山に戻るんじゃないのか」

一言が背中にぶつかってくる。

足を止め、振り向く。西村は階段の手すりにもたれ、薄笑いを浮かべていた。

「噂になってんぞ。三堂は陶山からお迎えが来るって、さ」

くすくすと西村は笑った。

「三堂ほどの選手を活動停止のままにしておけないって、陶山から申し入れがあったとか、うちの監督が直に頼み込んだとか、いろんな噂になってる。真相はどうなんだ」

貢は眉を寄せた。その表情をどうとったのか、西村は口元に笑みを残したまま肩を竦めた。

「いいよなあ。才能のあるやつは。どんなジョーキョーでも浮かび上がれるってことだもんなあ。どこでも特別待遇って羨ましいぜ」

じゃあ、せいぜい頑張れなと言い残して、西村が階段を駆け上がる。踊り場で、埃の粒が光に煌いて浮遊している。

貢は身体を回し、昇降口に向かった。

陶山高校陸上部の監督から電話があったのは、その夜のことだった。

誰のために

「三堂か、久しぶりだな」

低く少し掠れた声だった。

懐かしくはない。しかし、不快でもなかった。自分でも意外なほど、心は凪《な》いでいる。小波《さざなみ》すらたたなかった。

「はい」

貢は短く答えた。

陶山高校陸上部監督、伊藤幸信がかけてきたのは貢のスマホではなく、坂田家の固定電話だった。当然だろう。伊藤が貢の連絡先を知ろうとすれば坂田家に辿り着く。スマホに連絡されれば厄介だし、激しい憤りすら感じただろう。貢は断りもなく、いや断ってであっても、自分の極めて私的な空間に入り込んでくる者を、誰であろうと許せなかった。理屈ではなく、感情として拒んでしまう。

「キホン、おまえはアナログなんだよな」

光喜は笑う。からかっているのでも、馬鹿にしているのでもなく、心底からおもしろがっている。そんな笑い方だ。

この電話を受けるほんの少し前だった。

時刻は午後九時近くになっていただろうか。風呂から上がって、ボトルの水を飲み干し一息吐《は》き出したとき、リビングのソファーに寝転んでいた光喜が起き上がった。

テーブルに広げたままの新聞を片付けながら、ぼそりと言う。

「今日の、ガッコからの説明、陸上部のみんな納得してねえみたいだな。不満、文句たらたらだ。まっ、当たり前っちゃあ当たり前か」

いつものように軽くいなすか、無視すればよかったけれど、貢はつい反応してしまった。光喜の物言いが独り言に近い呟きだったせいもある。

「おまえ、何でそんなこと知ってんだ」

あの部屋に部外者はいなかった。

「は？　別に驚くようなこっちゃないだろう。これさえあれば、たいていのことはわかる」

光喜はスマホを軽く振ってみせた。
「陸上部のみなさんがた、けっこうツイートしてる。かなり頭に来てるみたいだな。は
は、教頭のファッションセンス最悪なんてのもある。見るか？」
「いや、いい」
「おまえのこともいろいろ言われてるぞ。一人だけ特別扱いで大会に出るんじゃないか
とか、ガッコやめるんじゃないかとか。ひどいね。毎度のことだけど、みんな言いたい
こと言ってる。うーん、やっぱ、情報収集の手段としては些かやばいな、これ。わかっち
ゃいるんだけど、つい見ちゃうんだよな、おもしろくて。どう？　興味あるんじゃね」
空になったペットボトルを捨て、首を横に振る。
「まるで、ないってか？」
「ないね。SNSで騒いでいる連中にも、スマホそのものにも」
「ひえっ、現役高校生とは思えない発言だね、それ。今時、これなくちゃ誰ともやって
けないぜ」
「鬱陶しいんだよ。おまえみたいなやつがいるから。後ろからあれこれ覗かれてる気が
して、イラつく」
そう答えると、光喜は小さく笑ったのだ。

「キホン、おまえはアナログなんだよな」

と。そこで貢はやっと気が付いた。

何気なくしゃべりかけてきたようで、光喜はちゃんと計算していたのだ。貢から生の情報、生の言葉、生の感想を引き出すために一番いいタイミングを計っていた。

ったく、どうしようもないほど危ない男だな。

胸の中で舌打ちしたけれど、なぜかリビングを出て行く気にはならなかった。この危ない、厄介でややこしい従兄弟ととりとめない話をするのも悪くない。そんな気分だったのだ。

やはり少し疲れているのかもしれない。

突然に変転する現実に身体より精神が、ほんの僅かばかりだが疲労した。光喜との会話が疲労回復の妙薬になるとは思いもしないが、久しぶりに独特の展開で進むやりとりを楽しむのも悪くはない。

貢の心持ちを見透かしたのか、さほど気にもしていないのか、光喜はスマホを揺らしながらちらりと天井を見上げた。

「今の時代に自分のこと、さらさないで生きていくなんて、ほとんど不可能だぜ」

ほとんど筒抜けなんだよ、と続けた。

「その気になりゃあ、他人のたいていの情報は手に入れられる。てことはこっちの情報だって、だだ漏れってことさ。現代人ってのは、私的な空間なんてなくても平気なもんなんだよな。むしろ、一人でいるってのに耐えられない。個室にいようが、一人で砂漠を彷徨っていようが、宇宙ステーションで働いていようが、誰かと繋がってないと不安でしょうがないってカンジじゃねえの。おまえみたいに、リアルもバーチャルもＳＮＳもみんな嫌なんて、今の時代に通用するかよ」

「通用しなかったらどうだってんだ」

「浮いちゃうだろうが。孤立って言い換えてもいいけど」

光喜はそこで肩を竦めた。

「孤立ならとっくにしてるか。まっ、誰かと繋がってないと生きらんないなんて言うやつに、ランナーは務まんないかもな」

一人で走っているわけじゃない。他者から支えも、励ましも、助力ももらっている。けれど、やはり一人で走っているのだ。一人であることに耐えられなければ、走れない。誰かに縋ってしまえば、そこで終わりだ。

走ったこともないくせに、光喜はそれを理解している。

周りを容赦なく拒否ってるの、そっちじゃないのか。

言い返そうとして止めた。

電話が鳴ったのだ。

くすんだ青色の固定電話はリビングの片隅、サイドボードの上に置かれていた。

光喜が身軽に立ち上がり、受話器を取る。

幼いときから、光喜は電話に出るのが好きだった。「だって、誰からかかってきたか気になるもん。電話の向こうって、知らない世界があるでしょ」と、電話が鳴るたびに眸を輝かせていた。

あのころも、今でも、光喜は見知らぬ世界に焦がれている。

「はい、坂田です」

貢はリビングのドアノブに手を掛けた。光喜としゃべる気は既に失せていた。部屋で一人になりたい。

ドアを開けると、暗い廊下にリビングの明かりが零れた。その明かりを追うように、光喜の応答が耳に入ってくる。

「え？……あ、はい……はい」

戸惑いが滲んでいた。滅多にないことだ。

ノブを握ったまま振り向く。

視線が絡みついてきた。

「貢」

光喜は受話器を軽く持ち上げた。

おれ？

「陶山の監督、伊藤さん」

伊藤監督が、おれに？

受け取った受話器は、光喜の体温を残して仄かに温い。

「もしもし……」

「三堂か、久しぶりだな」

紛れもなく、伊藤幸信の声だった。

「はい」

「突然に連絡して申し訳ない。どうしても話がしたくてな」

「……ええ」

「今、話ができるか？　無理か？」

「大丈夫です」

かたりと物音がした。

光喜が新聞を脇に挟んで、部屋を出ていこうとしている。ドアの所で振り返り、ひらりと手を振った。

邪魔者は消えるってわけか？　そんな殊勝なやつだったか？

「もしもし、三堂、聞いてるか」

伊藤の声がほんの少し低くなる。貢は青色の電話器に視線を向け、答えた。

「はい。聞いてます」

背後でドアの閉まる音がした。

「やはり、驚かせたかな」

「いえ……」

別に驚きはしない。

伊藤が息を吸い込む気配がした。

「わかってたのか」

「え？」

「おれが連絡してくると、わかっていたのか」

「いえ」

三堂は陶山からお迎えが来るって、さ。

不意に西村の一言がよみがえってきた。

「三堂」

「はい」

「もう一度、やってみないか」

「は？」

「陶山に戻ってこい」

「はあ……」

「陶山に戻って、走るんだ。陸上を続けるんだよ、三堂」

「はあ……」

ひどく間の抜けた返事を繰り返してしまった。頬が火照《ほて》る。胸の中で舌打ちする。舌打ちしながら、自分を探る。

驚いているのか？　喜んでいるのか？　何も感じていないのか？

どうなんだ、貢。

驚いているなと答えが返ってきた。

おれは驚いている。ただ、それはこの人の申し出にじゃない。西村の戯言が現実になったからだ。

驚いている。そして、少し笑える。

「どうした、三堂。いや……、そうだな、あまりに急すぎたな。突然、電話がかかってきて戻ってこいなんて言われても、答えようがないか。どうも、おれは事を急ぎ過ぎるきらいがあってな」

ふっと吐息の音がした。

そのときになってやっと、伊藤幸信の姿がはっきりと浮かんできた。あやふやだった輪郭が明確になり、その息遣いまで伝わってくるようだった。

ただし、トラックに立つ監督としてではない。オリンピック出場をかけてレースに挑み、走る選手の姿が見えたのだ。

貢はそれをテレビで見ていた。伊藤幸信の名前を耳にしたのは、そのときが初めてだった。

そのレースは春の初めに行われたけれど、風には冬の凍てつきが十分すぎるほど残っていた。日本列島全体が季節を引き戻すような寒気の中にあったのだ。「風が身を切るように冷たい」という表現が実況中継の間に幾度となく使われた。

雲に覆われた空から、太陽はレース中一度も覗かず、山颪《やまおろし》の凍て風だけが吹きすぎていた。伊藤は二十キロの手前で飛び出した。そこまでは十人ほどのランナーたちが文字通り団子状態で、先頭集団を形成していたのだ。

「あっ、伊藤が一人、抜け出しました」

実況アナウンサーの声が心持ち、上ずった。

「伊藤、ここで勝負をかけてきましたか」

「うーん、少し早すぎる気はしますが……。まだ、半分もいってませんからね。三十キロあたりまで我慢した方がよかったんじゃないでしょうか」

「我慢しきれませんでしたかね」

「そうですね。伊藤くんが、どこまで今のペースを維持しつつ走れるかでレースの展開が変わってくると思いますよ。それにしても、伊藤くん、思い切って飛び出しましたね」

実業団の指導者を長く務めたという解説者の口吻《こうふん》に、非難めいた色が混ざる。

伊藤は三十キロを越えたあたりでさらにペースを上げた。そして、そのままゴールしたのだ。日本記録には及ばなかったが大会レコードを大きく塗り替えての優勝だった。

貢はまだ小学生で、フルマラソンがどんなものかまったく知らなかった。けれど、伊藤の走りを猛々しいとは感じ取った。猛々しくて、何かに挑んでいるみたいだと。

胸が高鳴った。走ることで挑み、壊し、新たに築き上げる。そんな走りがこの世にはあるのだと熱くなった。

伊藤に憧れたわけではない。もともと、憧憬とか尊敬とか他者に対し粘り気のある情動を抱く性質ではなかった。ただ、興味はあった。あんな攻撃的な走りをする選手が、どんな指導者となるのか。陶山に入り、陸上部員となったのは、その興味に動かされたからだ。

結果的には上手くいかなかったし、苦い味のする結末になってしまった。それでも、あのとき見た伊藤の走りが猛々しく挑むものであったことは事実だ。そこに惹かれ、貢が胸を高鳴らせ、熱くしたのも事実だ。

「今、すぐにとは言わん。しかし、なるべく早く返事は欲しい。考えてみてくれ。むろん、おまえとしては戸惑いもあるだろうし、他の部員たちへの気持ちを整理するのは、なかなか難しいだろう。わかっているつもりだ。わかった上での提案なんだ」

伊藤は早口で畳みかけてきた。

「清都学園の陸上部は当分の間、活動停止になる。その当分の間とやらがいつまでか、今のところ明らかになっていない。ただ、一月二月じゃあすまないだろうって話もある。よくても半年、事情が事情だけにそれ以上になる可能性も十分、あるんだ」

断定的だな、と貢は思った。

伊藤の口調には断定に近い響きがあった。断定できるだけの情報が入っているわけか。

貢を含め清都学園の陸上部員は、正式にはほとんど何も知らされていなかった。影響を最も蒙《こうむ》る者たちが知らずにいることが、ほとんど無関係の伊藤には伝わっている。それが大人と子どもの差なのか。指導する者とされる者の違いなのか。

伊藤の断定口調が、何もかも知った上での言葉が鬱陶しい。苛立ちさえ覚えてしまう。

貢は唇を引き結んだ。

「単刀直入に言って、おまえをそういう環境下におくのは惜しい。あまりに惜し過ぎる。それが、おれの偽らざる気持ちだ。うちに戻れば、本格的なトレーニングができる。総体には出場できる。そう、三堂、おまえの可能性はぐっと広がるんだ。陸上を続けることができる。諦める必要はない」

「続けてますけど」

「うん？」

「走るの、続けてますよ。止めたり、諦めたりする気はありません」

言い切る。本音だった。清都学園の陸上部がどんな状況にあるか。貢自身にも大きく関わってくる。しかし、走ることには関わりはない。部活が休止になろうが、停止に追い込まれようが走り続ける。

諦めることはない。が、踏ん切りをつけることはあるかもしれない。ここで止めると、自分で自分の走りにケリをつける。その日は必ずやってくる。

決めるのは自分自身だ。誰にもコントロールなどさせない。

そうかと伊藤が息を吐いた。

「相変わらずの強気だな、三堂。安心した」

軽い笑い声が伝わってくる。

「そうだろうな。どんなときでも走り続けるのがランナーってものだ。条件が整わないと走れないやつは、条件が整っても走れないものだ。うん、おれの言い方が間違っていた。おれはな、三堂、レースの話をしている。五千のレースの話だ」

「……はい」

「おまえは天才だ。走るために生まれてきた。なんて言えば、おまえはまた怒るかもしれんが、そういう人間が稀にいるってのも確かだ。ただ……おれの過ちは、走ることがおまえの一部分に過ぎないってことを見落としていた点だろうな。おまえは、走ることだけで燃焼してしまうようなちゃちな器じゃないんだろう。正直、まだ、おれにはそこのところがよくわかっていない。おれよりおまえの器の方が大きいのかもしれんな」

伊藤の物言いは淡々としていた。おもねる調子もからかう様子も微塵もない。

この人は本気でしゃべっている。

貢は受話器を握り締めた。

本気で戻ってこいと誘っている。

「ただな、レースに出なければ、どれほど速くともどんな記録を出したとしても認められん。世の中ってのはそういうものなんだ。このままだと、清都学園の陸上部に所属している限り、おまえはレースに出場できない。つまり、どこからも認められないってわけだ。それがどういうことかわかるか？　なあ、三堂、おまえなら世界を相手にして戦える。戦って勝てる。その道を閉ざされる……とまではいかないが、今回のことでかなりの回り道をしなくちゃならないのは確かだぞ。それが惜しくて……惜しくてたまらんのだ、おれは」

もう一度、ため息を吐き、伊藤は黙り込んだ。口惜しさを嚙み締めているかのような沈黙だった。

「ありがとうございます」

思いがけず、感謝の言葉を呟いていた。

自分で驚く。伊藤も同じらしく、呼吸の音が乱れた。

「いや……別に、礼を言ってもらうようなことは……、おれの未熟さから、おまえに迷惑をかけたと反省しているし……、いや、そういうことじゃなくて、おれはおまえをもう一度、指導したいんだ。みすみす他のやつに渡してしまったのが無念で……。いや、これじゃ逃げられた恋人に復縁を迫ってるみたいだな」

伊藤はあははと短い笑い声をたてた。笑ってはいるけれど、言葉一つ一つは真剣で、正直で、本物だ。伊藤は監督として、本気で貢が戻ってくるのを望んでいる。

心が揺らいだ。

誰かに応えるために走る気は毛頭ない。自分の走りは自分だけのものだ。それを他人がどう評価しようが、まるで意に介すまいがどうでもいい。そのくらいの割り切り方はできる。貢が気持ちを動かされたのは、伊藤が真っすぐに、素直に心情を吐露したからだった。

自分の弱さを、過ちを糊塗しようとしなかった。言い繕いも、ごまかしもしなかった。その上で「もう一度、指導したいんだ」と望みを口にした。

潔い。

その潔さが心地よかった。けれど……。

「陶山には戻りません」

はっきりと告げる。

「三堂」

「誤解しないでください。あの一件を根に持ってるわけじゃありません。あれはもう、済んだことです」

あの一件。伊藤を殴り、陶山を去った。あれは、いつのことだっただろうか。そんな昔のわけもないのに、十年も前のように思える。

走らない三堂貢に、何の意味もないだろう。

伊藤の言い捨てた一言は今も鮮やかに刻まれている。

侮辱だと感じた。

走ることに囚われてきた。それは好きだとか、得意だとかの範疇に行儀よく収まってはくれず、内側から貢を突き動かしてきた。それでも、突き動かされ続けたわけじゃない。この衝動を、この情動を完璧にコントロールできる。それだけの力は持っている。走ること一つに振り回されたりはしない。

自負していた。

伊藤の一言は貢の自負に斬りつけてきたのだ。その痛みに耐えかねて、一時にしろ我を忘れた。このこぶしで伊藤を殴った。

恥ずかしいと思う。

自分を抑制できなかった自分が恥ずかしい。羞恥の想いは、時折顔を覗かせて、貢を噛む。あるいは、爪を立てる。ちりちりと痛い。まだ引きずっているものはあるけれど、伊藤との間にはもう何もない。恨んでいるわけではないし、懐かしいわけでもない。確かに〝済んだこと〟なのだ。

「おまえがいつまでも根に持つ性質じゃないことぐらいは、わかっている。よく、わかっている」

「そうですか」

それ以上、言うことはなかった。

「では、清都学園に残るんだな」

「はい」

「三堂、しつこいようだが、もう一度言う。清都にいては貴重な時間を無駄にすることになるんだぞ。今だってろくに練習できる環境じゃないだろう。活動自体が停止になっているんだ、できるわけがないよな。それがどのくらいマイナスになるか、ちゃんと考えてみろ。おまえは伸び盛りの選手だ。今、やらなきゃいけないことがある。今、鍛えなくちゃならないものがあるんだ。それを疎《おろそ》かにすると後に響いてくる。わかるな」

「よくわかります」

「だったら……」

「大丈夫です。何も疎かにはしません」

ううっと呻きに近い声が伝わってくる。次に耳に届いた伊藤の声は掠れて、聞き取りづらかった。

「塩沢監督はわかってくれたぞ」

「え？」

聞き返していた。

「塩沢監督と話をしたんですか」

「そうだ。おまえに連絡する前に、な。それが筋というものだろう。おまえは清都学園の陸上部に所属する選手で、状況がどうあれ、そういう者をこちらに引き抜こうというのだから、ちゃんと筋は通さねばならんさ」

ちかっ。胸の奥で、火花が散った。

「それで、塩沢監督は何と？」

「だから、わかってくれた。おまえの才能を埋もれさせるわけにはいかない。陶山で陸上を続けられる道があるなら、そちらに戻るのも致し方ないと、な。話はちゃんとついてるんだ」

火花が引火する。

胸の中で炎が燃え立つ。

「三堂、聞いてるのか、おい」

「道は自分で見つけます」

「うん？」

「おれの知らないところで、勝手に話をつけたりしないでください。おれの道はおれ自身が決めます」

「決めればいいさ。しかし、どんな選択肢があるか、おまえにはわからんだろう。三堂、陶山に戻ってこい。それが、おまえにとって一番いい道だ。後悔したくなかったら、おれの言うことを聞け」

ああ、まただ。

胸の中で幻の炎がうねる。幻であるはずなのに、熱い。身の内を炙る。思わず顔を歪めていた。

また、こうやって従わそうとする。おまえは子どもで、何も知らない者だから、黙って従えと言う。

傲慢だ。あまりに傲慢だ。

貢は奥歯を嚙み締めた。それから、告げる。ゆっくりとした、一言一言を区切るような物言いになった。

「おれは……自分の決めた場所で、走ります。監督、ここでしか、手に入れられないものが、あるんですよ」

「何を言ってる。ここでしか手に入れられない？　何のことだ。三堂、冷静に考えろ」

伊藤の口調が乱れた。こんなにもはっきりと断られるとは予想していなかったのだろう。貢がすぐに承諾の返事はしなくても、もっと揺れる、もっとそそられると思っていたのか。

「……おれの言いたいのはそれだけです」

胸の中の炎が消えていく。しんと冷たい気配だけが残る。

「三堂、待て。ちゃんと考えてみろ。また、連絡する、いいな」

「いえ、何度、連絡を頂いても同じです。答えは変わりません。でも、ありがとうございました」

一息吐いて、受話器を置いた。かちゃりと冷めた音がした。

もう一息、吐き出す。

ここでしか手に入れられないもの？　何だろうか、それは。自分で口にしたくせに、わからない。でも、戯れではなかった。

前髪をかき上げる。まだ僅かに湿り気を残した髪が、指に絡まってきた。

ここでしか手に入れられないもの？

「加納のことか？」

貢は息を詰めた。そのまま、振り向く。

新聞を脇に挟んだまま、光喜が立っていた。

「おまえ……出て行ったんじゃなかったのかよ」

「おれが？　いいや、そっちが開けっ放しにしてたドアを閉めただけさ。ガキじゃないんだから、開けたらちゃんと閉めようぜ」

「盗み聞きしてたわけか」

「そうだよ」

あっさりと認めて、光喜は笑んだ。屈託のない、優し気な笑顔だった。この笑みにたぶらかされて、光喜を明るく優しい男だと信じている者は大勢いる。

ふざけんなと怒鳴りたい。

何て厄介で、油断のならないやつだろうと、改めて思い知る。

「ものすごく、おもしろそうな話だったからな。聞かない手はないでしょ。陶山の監督から電話って時点で、むちゃくちゃ、好奇心そそられました。よかったよ、スマホじゃなくてコテイの方にかかってきて。まさに天の配剤ってやつかな。で、伊藤監督は何て？」

無視して、リビングを出ようとした貢の背中に、光喜はまた、問い掛けを一つぶつけてきた。一分前と同じ問い、同じ口調だった。珍しく硬く張っている。

「なあ、加納のことか？」

無視すると決めたのに、足が止まる。まったく、どうしてこうも弱いのだ。自分の行動すら上手く支配できない。

「陶山に移っちゃうと、加納とのレースの機会、ぐんと減っちゃうもんな。ここにいれば、戦う機会はかなりある。そういうこと？」

光喜が一歩、近寄ってくる。貢は首にかけていたタオルを外して、両手で握った。

「陶山の監督さん、戻ってこいってか？　なるほどね、向こうとしたら三堂貢を呼び戻す絶好のチャンスってわけだもんな。そーとう、力入ってるだろうな。もしかしたら、救いの手を差し伸べたって気なのかもな。おまえが何を望んでいるか見誤ったってとこだよなあ。まあ、加納碧李なんて選手、知らないだろうし。おまえとの因縁ももちろん

……ぐえっ」

光喜の首にタオルを巻き付け、引く。

「う……や、止めろ。止めろ……って……く、苦しい」

「盗み聞きの罰だ。それにしゃべり過ぎの、な」

身を捩る相手の動きが、波動のように手のひらに伝わる。

「……馬鹿、殺す気……かよ。は、放せって……」

力を緩める。光喜は膝をついて、咳き込んだ。

「……まったく、何の真似だ。ふざけんなよ……」

「ふざけてるのはそっちだ。いいか、光喜、おまえがどんな見当違いのことを考えてもいいがな、一々、口にするな。ムカつく」

「ムカつく相手の首を絞めてたら大量殺人犯になるぞ。ったく、マジで殺されるかと思った」

「マジで殺してやりてえと思ったんだよ」

ムカつく。イラつく。どいつもこいつも、ろくなもんじゃない。

しゃがんだままの従兄弟に背を向ける。

ふふんと嗤う声がした。

「どんぴしゃだったわけか。おまえ、案外、わかり易いな」

貢が振り返ったのと、光喜が飛び起き、退いたのはほぼ同時だった。光喜は笑みを消し、喉を押さえる。

「そんなに加納と戦いたいなら、何とかすりゃあいいじゃねえかよ」

口元にまた、うっすらと笑みが浮かんだ。

「手はあるぜ、貢」

貢は立ったまま、不敵にも見えるその笑みを凝視していた。

眼差しの向こう側

トラックを十周したところで、俄かに足が重くなった。

少し驚き、焦る。

上手くスピードに乗れないことも、思うように身体が動かないことも、ペース配分を明らかに誤ったこともある。かなりの数、ある。けれど、こんな風に唐突に調子が崩れるのは初めてだ。

穴に落ちた。

そんな幻覚に襲われる。

足元に穴があく。しかも、それまで存在しなかった穴だ。

不意に、ずっと昔、まだ小学校低学年のころ見たアニメを思い出した。主人公の少年が迷宮に迷い込み、魔物や妖怪と戦い続ける物語だった。ストーリー自体はほとんど覚えていない。三つ目の蛇だの、銀色の軟体動物だの、何千匹もの蜘蛛の群れだの、けっこう気味悪かった記憶だけは残っているが。その蜘蛛の群れに追い掛けられて少年が迷宮の中を逃げ回っていると、突然、廊下に穴があく。少年は、その暗い穴に真っ逆さまに落ちていくのだ。落ちてお終いのわけがないから、おそらく、少年は助かり冒険を続け、無事、脱出したのだろうが、そのあたりの展開はきれいに忘れている。なのに、穴に落ちる感覚は鮮明だ。

あるべきものが失せる。あってはならないものが現れる。そして、闇の中を落ちていく。

そう、あの感覚だ。

碧李は身体を震わせた。

下ではなく上に、足元ではなく頭上に視線を向ける。

薄雲の広がる空がある。

白い紗《しゃ》を連想させる雲の向こうで、空は青く発光していた。

今、自分を覆っているのは闇ではなく光だと思う。光より闇の方が上等だとか、光に包まれていることが幸せだとか断言できるわけもないが、ともかく、前は見通せる。

レーンが見える。

白い線は真っすぐに延びた先で、緩やかにカーブを描いていた。薄雲を貫いて地上に注ぐ光が、白い色をさらに白く浮き立たせている。眩しいほどだ。

「よし、そこまで」

箕月監督の声がぶつかってきた。

「もう、いい。上がれ、加納」

安堵の情が広がる。

これで走らずにすむ。

そんな想いが一瞬、過った。

ぞっとした。

背中のあたりがうそ寒くなり、指先が震えた。その指を見詰める。右手の小指の付け根に小さな擦り傷があり、薄く血を滲ませている。どこで、いつ、できたのだろう。

タオルが降ってきた。新しくはないが清潔な柔らかいタオルが、肩にかかる。微かに石鹸の匂いがした。

「どうした？」

碧李が汗を拭うのとほぼ同時に、信哉が問うてきた。

「えらく走り辛そうだったぞ」

「うん……」

「どこか異変でも？」

「いや、それはない。大丈夫だ」

「そっかぁ」

信哉が、安堵の吐息を零した。

「なら、いいけど……。って、よくないか」

信哉が傍らにしゃがみ込む。視線が碧李の全身を素早く撫でた。

「どっかを痛めたとかじゃないんだよな」

「ああ」

「だったら、何で急に調子が崩れた？」

「崩れたように見えたか」

「見えた。他の誰をごまかせても、このおれの眼だけは欺けない。なんて、かっこよく決めたいとこだが、残念ながらもろだったからな。うん、サラブレッドがゾウアザラシに変わったくらい、もろだったな。幼稚園児でもわかるってやつだ」

「……おまえの喩《たと》えはいつも妙ちくりんで、わかりにくいよな」

「個性的と言ってくれ。オリジナリティ満載の男だからね、おれは」

信哉が胸を張る。その姿勢のまま、スポーツ飲料のボトルをひょいと手渡してくれる。

何だか、おかしい。笑える。笑った後に、笑わせてくれたのだと気が付いた。笑うと、身体が緩む。胸にするすると空気が入り込んで、呼吸が楽になった。口内に広がる飲料の、微かな酸い味も微かな甘味も心地よい。

「マジな話、どうしたわけだ」

信哉が真顔になる。弛緩の後の緊張に、碧李はタオルを握り締めた。

「穴に落ちた」

「穴?」

「うん、急に足元に穴があいたって感じがしてな。そこに、すぽっとはまっちまったみたいな感じがした。身動き、とれないというか、思い通りに動けないというか」

「おい」

信哉が腕を摑んでくる。

真顔のままだった。

こいつ、選手だったときより真剣な顔してる。

そんなことを束の間、考えた。

信哉が唇と肩を窄めた。表情から硬さが消え、剽軽な色が現れる。

「ミド、恐ろしいことをさらっと口にすんなって。肝が冷える」

「恐ろしい？」

「怖ぇだろうが。そういうの。何だよ、穴に落っこちて身動きできないって。絶不調の代名詞みてえな言い方じゃねえか。ああ、今、ぞんぞが来た。すげえ、来た」

「そっちこそ何だ？　ぞんぞって」

「寒気のことだ。怖かったり寒かったりしたら、ぞんぞが来るんだよ。死んだ祖母《ばあ》ちゃんが、よく言ってた。『ああ、ぞんぞがする。ぞんぞがする。早く寝なきゃ』ってな」

信哉は本当に身体を震わせた。その震えは、ついさっき中断の指示に安堵したとき、碧李が覚えた悪寒と同質なのか。〝ぞんぞ〟とは、言い得て妙な響きがある。

「調子は悪くない。これ、ありがとよ」

碧李はタオルを返した。「いえ、どういたしまして」と、信哉がひどく丁寧な返事をする。その顔をちらりと見やり、ゆっくりと一度だけ、頷く。

「心配するな。調子は悪くないんだ。ただ……」

「ただ？」

ただ、何だろう。

あっと声を上げる間もなく、落ちていく。そうとしか形容しようのない一瞬だった。

今まで経験した覚えがない。

ただ……、そうだ、ただこの感覚が尾を引くとは思えないのだ。実際、今はもう穴とも奈落とも落下とも無縁の気分だった。

怖れていない。

走ることに、トラックに、白いレーンに、五千という数字に怯えてはいなかった。競技場を借りての試合形式の練習ではなく、本物のレースであったとしても立ち直る自信はあった。驚愕も悪寒も刹那で振り払い、走り続けられる。

碧李はペットボトルを握り締め、もう一度、空を見上げた。

雲が厚くなっている。色も濃さを増し、白から灰色に変わろうとしていた。そのくせ、雲の切れ間から覗く空は鮮やかに美しいままだ。捕えどころがない。

刻々と変化する。

姿を変え、翻弄する。

走ることは空の様《さま》に似ている。

決して一様でなく、捕えたと思った瞬間、指の間から零れ落ちている。どう変ずるのか見当がつかず、こちらの思惑や計算をあっさりと超えて異形を示す。すぽりと穴に落ちるのか。飛翔するのか。跳ぶのか。まったく知らぬ感覚を体感するのか。

走る先には、いつも未知の世界がある。

自然の変化を解しきれないように、走る最中《さなか》に何が起こるのか、走りきった後に何が待つのか、まるでわからない。

深いのだ。そして、高い。

奈落より深い穴のようでも、天上を突き抜ける光のようでもある。

深さにも高さにも手が届くと、言い切れない。伸ばした指先は走ることの正体を捕えきれるほど強靭だろうか。

わからない。

でも、走り続けたい。走り続けなければ、手を伸ばすことすらできないのだ。

焦がれるように、求めるように走り続ける者。

碧李は少しだけ、ランナーとしての自分の姿を見つけられた気がしていた。ほんの少しだけ、しかも、ひどく的外れな見方かもしれない。

ペットボトルの中身を飲み干す。信哉がすっと身体を寄せ、囁いてくる。

「おれな、今、すげえことやってんだ」

にんまりといった調子で、口元を広げた。

「すげえこと？」

「そ、内緒だけどな。聞いたら驚いてひっくり返るぜ」

「ふーん」

空っぽのペットボトルを光にかざす。子どもみたいな真似をしてるなと、自分で自分がおかしかった。

「あれ？　加納選手、反応薄いね」

「そっか」

「そーだよ。フツー、身を乗り出すよ。こうやってな」

信哉が上半身を前に倒す。

「んで、縋るみたいに聞くわけよ。『すげえことって、何だよ』ってな。さらにさらに、『もったいぶらないで教えろよ。教えないなら、ぶん殴るぞ』と脅したりしてくる」

「そりゃあ、アブナイやつじゃないかよ。普通じゃないぞ」

「普通でいられないぐらい、聞きたいわけ。でしょ？　聞きたいでしょ？　ほんとは聞きたいんだよねえ」

「だって、おまえが内緒だって言うから……」

「一応、内緒なんだ。でも、長い付き合いだから、おまえにだけは教えてやってもいい」

苦笑してしまう。

久遠信哉のこういう軽さ、軽率に見えて実は案外思慮深い性質にずいぶんと助けられてきた。ついつい笑わされてしまう。笑って、呼吸が楽になって、すっと冷静に戻れる。

前マネジャーの前藤杏子が、

「久遠くんは一流のマネジャーになれるよ。それって、一流の競技者になるのと同じくらいすごいことだよね」

と言い切ったことがある。あの言葉に嘘も読み違えもなかった。少なくとも、碧李にとっては、信哉は最高の相方だった。

「おれな、密かに陸上競技用特別ドリンクを考案してんだ。ほら、高機能性食品ってやつ」

「はあ?」

「何だよ、その面は」

信哉はわざとらしく、眉間に皺を寄せた。

「いや……。ノブの考案する高機能性食品ってのが想像できなくて。ドリンクってことは、飲み物なんだよな」

「知能の低さがもろ出てる台詞だな。情けない。それに引き換え、このおれは中距離、及び長距離ランナーのための最高レベルのドリンクを生み出すべく、日夜、奮闘してんだぜ」

「そのドリンクの中身、何なんだよ」

「そりゃあ企業秘密さ。まあ、でも美味かったろ？」

「え？」

「それ。おれの開発した第一号ドリンク」

信哉がひょいと顎をしゃくる。空のペットボトルと碧李を交互に見やり、またにんまりと笑った。

「ほんとかよ。え？　嘘だろ」

「ほんと、ほんと。マジ×2。まあ、まだ試作品段階だけど、なかなかイケてるだろ」

「試作品なんか飲ませんな。腹、壊したらどうすんだ」

「おまえの腹がそんなに上品なもんか。けど、いい調子で飲み干したよな。意外に美味かったってことだよな？」

「まあ……不味くはなかったけどな」

「だろ？　これ、疲労回復効果が抜群のはずなんだよな。どうだ？　力がみなぎってこないか。んでもって、穴に落っこちた気分なんて、きれいさっぱりサヨナラだろ」

「だから、そっちは大丈夫だって。ていうか、ほんとに何が入ってんだよ。話聞いてると、妙に怪しいけど」

「心配ないって。ドーピングにひっかかるような、やばいクスリは入ってねえから。安心、安全、健全、健康ドリンクでございます」

「入ってたら大事《おおごと》だろうが。ったく、どこまで冗談なのかどこから本気なのか、とことんわかんないやつだな」

「謎の男ってわけか。おれ、かっこいいね」

「単にいいかげんなだけだろうが」

信哉と目を合わせる。同時に噴き出していた。

軽い。軽やかに笑える。おそらく、軽やかに走れる。

三堂はどうだろう。

三堂貢は笑っているだろうか。と、思いを馳せる。

軽々しく笑うようなやつじゃない。笑えるような状況でもないだろう。それでも、心身を重くして俯いたりはして……。

いるわけがないか。

あの男、あの選手がどんな状況であれ、下を向くわけがない。揺れもせず、迷いも戸惑いも困惑も他人に読み取らせぬまま、前を見据えて走っている。

確信できる。

あいつは、穴に落ちたりしないのかな。

唐突に、何の前触れもなく穴に引きずり込まれるような感覚を味わったりしないのだろうか。それとも、どこに落ちようとも、何に纏わりつかれようとも、走り続けられるのか。それだけの強靭さをとっくに身につけているのか。

口の中の唾を呑み込む。

酸っぱさと甘さが絡まり合った味がした。美味くもなく不味くもない。

知らず知らず、三堂に引きずられてしまう自分が嫌だった。面倒でたまらない。持て余してしまいそうだ。

「加納」

箕月監督が腕組みをしたまま、呼ぶ。

「はい」

「ストレッチをちゃんとしておけ。その後、軽く一周走って、全身をクールダウンさせろ」

「はい」

立ち上がり、全身を伸ばす。腿、ふくらはぎ、足首、腰、肩、腕、身体の部分一つ一つを丁寧に伸張させる。

「ミド、後でマッサージしてやる。おれの考案した新マッサージは効果抜群だからな」

「マッサージまで考案したのかよ。実験台にするのは勘弁してくれ」

信哉がからからと笑う。それから、ひょいと身体の向きを変え、箕月監督の許へと走って行った。


「どうだ調子は？」

箕月が問うてくる。

「おれのですか」

「久遠、ふざけるな。おまえの調子が一年中絶好調なのは、嫌になるくらいわかってる。加納だ。どんな様子だ」

「穴に落ちたそうです」

「は？　穴？」

「はい。本人曰く、すとんと急に落ちた感じで、さらに身動きできなくなった感じでもあったとか」

箕月が口の中で唸った。唇が妙な具合に曲がる。

「何となく違和感があったから、止めたんだが……穴というのは……」

「大丈夫だそうです」

「うん？」

「これも本人曰くですが、もう大丈夫だそうです」

「走れるってことか」

「調子よく走れるってことです。一瞬、穴に落ちた感覚はしたみたいですが、別に引きずってもいないとか」

「うーん」と今度はさっきより唸り声を伸ばして、箕月が腕組みを解く。その手で帽子をとり、わさわさと頭を掻いた。

「監督、フケが散ります。止めてください」

「ほっとけ。おれのフケは栄養価が高いんだ。生で食える」

「それ、あまりセンスのよくない冗談ですよね。つーか、汚いだけで冗談にすらなりませんから」

「久遠」

「はい」

「おれは間違ってたかな」

帽子をかぶり直し、箕月が自分の頬を軽く撫でる。

「というか、焦り過ぎたかもしれんな」

「加納を止めたことですか」

「そうだ。急に走りが重くなったからな、危ないと思って練習を中断させた」

「的確な判断だと思います」

「そうか……。いや、走らせるべきだったな。穴に落ちたまま、走らせるべきだった」

信哉は指導者の日焼けした横顔を見詰める。箕月の視線は競技場全体を見回すように、絶え間なく動いていた。

「穴に落ちる感覚ってのが、おれには理解できん」

視線を動かしながら箕月は呟いた。ほとんど独り言のようだ。

「理解できんがランの間に、さまざまな経験をする選手がいるって話は聞いている」

「さまざまな経験って、何です」

「さて何だろうか。絶望、蘇生、失意、高揚……。そんなものなのかな。いや、全然違うのかもしれん。よく、わからん」

「監督だって長距離ランナーだったじゃないですか」

「ランナーがみんな同じとは限らんさ。だから、おれには理解できんのだ。穴に落ちるってことも、落ちながらさらに走れるってのもわからん。わかるやつの方が稀なんじゃないか」

「加納は稀なランナーってことですか」

「そうだ」

もっと逡巡するかと思ったが、箕月は躊躇いなく言い切った。

「稀なランナーだ。しかし、稀であっても一流ではないかもしれん。記録をばんばん更新して世界のトップに上り詰める。それが一流選手なら、加納はちょっと違うかもな」

「違うかもなって……。一流じゃないけど稀な選手で、稀ではあっても一流アスリートじゃない。監督、すみません。哲学的すぎて、おれ、ついていけてませんから」

「当然だ。あまりに漠然とし過ぎてる。上手く言えないんだ。加納みたいな選手をどう捉えたらいいか、正直、わかってない気がする。潜在能力の高さは間違いないけれどな……。それがレースに向いているのかどうか……」

そこで一息吸って、箕月は顔を歪めた。

「わかっているのは、おれが指導を誤ったってことだけだ」

「加納を止めたのは誤りだったと？」

「そうだ。あのまま走らせるべきだった」

「穴に落ちたままですか」

「落ちたまま、だ。走りながら、走ることで、その穴からどう這い上がってくるのか、加納に委ねればよかったな。せっかくのチャンスをおれの短慮で潰しちまったのかもしれん。うーん、指導者としては失格だな。ちょっと落ち込む」

信哉も唸りたくなった。

箕月の言葉はすとんと胸に落ちるようでもあるし、まるで理解不能な気もする。稀ではあるが一流ではない。

頭の中で幾度かなぞってみる。わからない、どういう意味だ？　しかし、加納碧李というアスリートにはぴたりと嵌る表現だ。頭ではなく心が頷く。

「監督、挽回できますって」

軽く笑って、箕月の背中を叩く。

「加納は、きっと何度でも穴に落ちます。穴に落ちたり、すっ転んだり、這い上がったり、起き上がったり、いろいろしますから」

「おれを励ましてるつもりか」

「つもりです」

箕月は肩を竦め、微かに笑った。苦笑ではない。ちょっと嬉し気な笑みだった。

「おまえもけっこう稀なマネジャーだな」

「一流じゃないって意味ですか」

「一流で、稀だよ。加納より上だ」

「トーゼンです。おれに勝とうなんて、十年早いっていつも言ってやってますからね」

「百年は早いかもしれんな。けどな、久遠」

「うぃっす」

「あいつは、とてつもなく魅力的なランナーだな」

箕月の視線が定まった。

トラックをゆっくりと走る加納にぴたりと定まり、ぶれない。

「はい」

信哉は返事をし、箕月の視線の軌跡を追った。

スマホに連絡が入っていた。

送信者を確かめたとたん、頭の隅が疼いた。鈍い疼きが重低音となり耳の奥で響く。

ずくん、ずくん。

信哉は一言呟いて、ベッドに寝転んだ。

疲れていた。このまま眠りたいほどだ。

市営の競技場を使っての練習は、このところ週に一度の割合で行われる。県営競技場に比べれば規模はかなり小さいけれど、一昨年、改修作業が終わったばかりで施設自体は新しく、設備も整っている。当然、利用する個人、団体も多く、使用時間の確保には骨が折れた。

選手の体調管理も、練習メニューの作成も、マネジャーの仕事だ。辛くはない。むしろ、楽しい。自分が何に向いているのか、このところはっきりとした手応えを得ている。だから楽しいのだ。楽しいけれど、疲れる。楽しくてついはりきるから、疲れるのかもしれない。

「マネジャーもいいけれど、自分のマネジメントもちゃんとやりなさいよ。この前みたいな成績じゃ、三年生になってから泣くことになっちゃうわよ。マネジャーにはスポーツ推薦枠なんてないんでしょ。ほんとに、ちょっとは自覚してよね」

母に説教された。以前の信哉なら「うるせえな。ほっとけよ」と声を荒らげたかもしれない。でも、今は母の愚痴や文句がさほど気にならなくなった。

「何であいつが」

マネジャーの仕事をこなすうちに、少し大人になったのだろうか。

「おれは疲れてんだよ。おまえと話す気にはならないね。へっ、お生憎《あいにく》さま、だ」

スマホを握ったまま、目を閉じる。

「信哉、お風呂、入んなさい」

母が階下から呼んでいる。

そうだ、風呂にも入らなきゃならない。飯もまだだ。ああ、忘れてた。数学と世界史のプリント、提出、明日じゃないかよ。やばい。マジでやばい。やっぱ、スマホをいじってる暇なんてないし……。

起き上がる。

スマホの画面を見詰める。

「何であいつが、連絡してくるんだ」

三堂のことか？　三堂のことでおれに連絡？　あり得ない。でも、他に何の理由もないじゃないか。

唇を嚙み締める。

指先で画面をタッチし、耳に当てる。

呼び出し音が鳴っている。鳴っている。鳴っている。

二回、三回、四回、五回。

もう切ろう。耳からスマホを離したとたん、呼び出し音が人の声に変わった。落ち着いた、抑揚のない男の声だ。信哉の全身が緊張した。ここで緊張する自分が忌々しい。

「もしもし、坂田です。あ、久遠くん、どうも」

「……何の用だよ」

できる限り低く、不機嫌な声を出す。わざとではない。坂田と話すときはいつも、こんな声音と口調になる。

「うん、実は相談があって。ちょっとおもしろいこと、考え付いたもんで。久遠くんに協力を仰ぎたいんだよな」

「断る」

「え？　まだ何にも言ってないぜ」

「聞く前に断る」

こいつの〝おもしろいこと〟なんて、ろくでもないに決まっている。ろくでもない上に、危なくて怪しい。

あはははと、明朗な笑い声が伝わってきた。

「相変わらず愉快だな、おまえさんは」

「そりゃどうも、幸せなことで羨ましいよ。いつまでも愉快に笑ってるがいいさ。おれ、忙しいんで、じゃあな」

笑い声が断ち切られたように止んだ。

「加納に直接、提案してもいいか」

「提案？」

「そう。とびっきりおもしろい提案だ。加納なら飛びついてくるだろうな。一番欲しい餌を目の前にぶら下げてやるんだからさ」

「おい、坂田。何、言ってんだ。いや、何を企んでんだ。加納にちょっかい出すな。ぶん殴るぞ」

我知らず、指を握り込んでいた。

くすくす、くすくす。さっきの大笑とは違う、微風に似た忍び笑いが耳朶《じだ》に触れる。

くすくす。くすくす。

嫌な笑いだ。風ではなく蛇の舌を連想させる。

信哉はさらに強く、固く、指を握り込んだ。

走りながら自分に問い掛ける。

そんな癖は、いつの間に身についたのだろう。机に向かっているときよりも、ベッドに横になっているときよりも、走っているときの方がずっと内省的になる。

別に、さほど哲学的な問い掛けをするわけではない。

貢は曖昧さや抽象的なものを好まなかった。問いには必ず、明確な回答が欲しい。まして全てを確かに答えたかった。誰でもない、自分自身に対してだ。

他人がどう思おうと、どう解釈しようと気にならない。けれど、自分の内に芽生えた疑問に、自分なりの答えを見出せないのは嫌だ。ひどく不具合を感じる。戸惑いさえ覚えてしまう。

走ることで回答がひらめくことは、まずない。きっかけを摑むことさえ、ほとんどない。むしろ、問い掛けばかりが湧いてくる。湧いて、広がっていく。

今もそうだ。

坂田の家を出て、主に川土手に沿って走る。いつものランニングコースをいつものように走っていた。

おまえはなぜ、拒んだんだ。

ぽこりと音がして、問いが一つ、頭の中に湧き出した。

おれは、なぜ拒んだ。

陶山に戻ってこい。伊藤監督のあの誘いになぜ、頷かなかった。

大通りから脇道を抜け、住宅街に入る。坂田家がある閑静な地域とは違い、軒の低い古家が並ぶ一画だ。玄関が道路に接している家も多く、盆栽や鉢植えの台が、遠慮なく道端に置かれている。それが一軒や二軒ではない。時折、住人と思《おぼ》しき男なり女なりが水をやっているのに出くわす。通行の邪魔になるだろうと思うのだが、気にする風も、どこかから注意を受けた様子もない。「よう、兄ちゃん、頑張れ」と手を振る者さえいる。応えはしないけれど、おかしくはなる。

住宅街を抜けると、道は川土手に続く緩やかな上り坂となり、そのまま土手道に繋がっていく。土手に上がれば、視界が一気に開けた。風が吹きつけてくる。川面を吹きすぎてくるからなのか、この風は真冬に身を切るような凍て風にはなっても、どれほどの酷暑でも熱風になることはない。微かでも涼やかさを孕んでいる。

向かい風に髪をなぶられながら、貢は自問する。

おれは、なぜ拒んだ。

意地ではない。

陶山高校陸上部監督への意地ではなかった。そんなものは、とっくに処理している。では、怒りか。大人たち、指導者側への怒り。自分たちの都合で貢を駒のように動かそうとする者へ、憤っているのか。

「駒、か」

呟いてみる。

違うかもしれないと思う。

おれの過ちは、走ることがおまえの一部分に過ぎないってことを見落としていた点だろうな。

伊藤の言葉は真っすぐだった。選手時代の走りそのままに、真っすぐにこちらの胸を打った。選手をただの手駒として扱おうとする傲慢さも、手駒としてしか見られない狭量さも感じられなかった。ただ、鈍感ではある。

貢本人に想いを伝える前に、塩沢監督から了承を得る。それを筋道だと信じて疑わない鈍感さだ。尊重すべきものの順序が違う。

でも、そこに腹を立てて提案を拒んだわけではない。大人の鈍感さは神経に引っ掛かり苛立ちはするけれど、冷静さを損なうほどのものではなかった。

ふふん。

光喜の嗤い声を聞いた。川風に乗って、耳の奥まで響いてくる。あるいは、耳の奥から響いているのかもしれない。

どんぴしゃだったわけか。おまえ、案外、わかり易いな。

ほんとうに苛立たしいのはあの男だ。従兄弟で幼馴染。そんな可愛らしいもんじゃない。いつでも、こちらを見透かそうとする。見透かして衝いてくる。

なあ、加納のことか？

背中にぶつかってきた光喜の問い掛けだ。妙に硬い口調だった。いつもは軽やかというより軽率に近い物言いをするくせに、そして、その言い方で相手をはぐらかしも戸惑わせもするくせに、あの一言だけはやけに張り詰めていた。もっとも、すぐに元の調子に戻りはしたが。いや……。

そんなに加納と戦いたいなら、何とかすりゃあいいじゃねえかよ。

そう言ったとき、光喜は笑っていなかったな。笑ったのは、その後だ。「手はあるぜ、貢」の一言と共にうっすら笑いやがったんだ。

背を向けた。

光喜の薄笑いと、それ以上向き合っていたくなかったのだ。本気で耳を傾けたくなかった。

おれは加納と戦いたいのか。

自問してみる。違うと答える。

そんな、ちっちぇえところに照準、合わせるものか。

川の匂いのする風を吸い込む。

加納なんて、どれほどの選手だ。凡庸な記録しか出せない、凡庸な選手じゃないか。

おれが、このおれが戦うに値するやつじゃない。

「あっ」

小さく声を上げていた。

小石を蹴り飛ばしたのだ。蹴り飛ばしたからといって、なんの差し障りもない。いつもなら、声など出さなかった。

どことなく、いつもと違う。

走ることに集中できていない？

ペースが自分のものになっていない？

貢は手首の時計にちらりと目をやった。ここから折り返し地点まで約五キロ、折り返し地点から坂田の家まではきっちり十キロだ。そこを何分で走るか。

飛ばす必要はない。これは日課のランニングであって、レースではないのだ。けれど、惰性で走ってはならない。今、自分にとって一番適した走りをする。

折り返し地点まで。折り返し地点からゴールまで。

貢は目標タイムを設定し直す。

そのタイム通りにぴたりと走ってみせる。

何にも乱されない。邪魔されない。いや、乱させない。邪魔させない。完璧にコントロールしてやる。

自分は走る機械ではない。しかし、機械のように正確に、自分の意のままに走ることのできる人間だ。走りを制御し、操ることのできるランナーだ。決して、走りに身を委ねたりはしない。

委ねれば流される。流れに巻き込まれて、行き着く先を自分で決定できない。それは敗者だ。偶然にそこそこのタイムが出せたとしても、そこそこはそこそこであり、偶然は偶然だ。流される者に、本物の勝利は訪れない。

誰に教えてもらったわけでも、どこかで学んだわけでもない。ただ、貢はそう思っている。そして、自分は勝者になるべき者だと、信じている。
チ、チチチッ。
頭上で鳥が鳴いた。

鳴きながら飛び去って行く。

その声を再スタートの合図にする。

地を蹴って、貢は今までより僅かに速いペースで走り出した。


「よお」

坂田が手を上げる。

信哉は反射的に唇を結び、眉を寄せる。いわゆる渋面を作っていた。

待ち合わせたファストフード店は、休日のわりには空いていた。がらんとして淋しいほどだ。午後三時という時間のせいなのか、最寄りの駅から徒歩で十五分以上かかる立地の悪さ故なのか。


坂田は店の奥の席に座っていた。出入りする者を見定めるのなら、絶好の位置だ。

窓際のもっと明るい、目立つ場所に座ろうなんて発想、こいつはしねえんだろうな。

目立つ場所に座って見つけてもらうより、奥まったところから相手を観察する方を選ぶ。

そういうやつなんだ。

店を横切りながら、そんなことを考える。

「なんで？」

向かい側のイスに座るなり、坂田は身を乗り出してきた。

「なんで、そんな難しい顔してんだよ」

「知らねえよ」

信哉はわざとそっけなく答えた。答えた直後に、答えないで完全に無視してやりゃあよかったと後悔した。

「知らないって、自分の顔なのに？」

そこで坂田は軽く眼鏡を押し上げた。

「存じません、覚えておりませんて、まるで政治家の答弁だな」

「おれは『存じません』とも『覚えておりません』とも言ってねえよ。『知らない』って言っただけだ。そもそも、おれは高校生であって政治家じゃないんで。残念でした」

舌を覗かせ、下まぶたを引き下げべーと言ってやる。坂田が顎を引き、瞬きをした。

ちょっと愉快な気分になる。

「……あっかんべえをする男子高校生ってのに、初めてお目にかかったな」

「そりゃどうも。記事にするか。写真、撮ってもいいけど」

「いや、いい。久遠くんのあっかんべえじゃ記事にするにはちょっと……」

「ちょっとなんだよ」

「報道的価値がなさ過ぎかな」

「そこまで、はっきり言うか」

「そっちが聞きたがったんじゃないかよ。で？」

「で？」

「何を注文する？」

「トーゼン、おまえの奢りだよな」

「飲み物だけならな。しかも、最初の一杯だけ」

「せこっ」

「同じ高校生にたかろうって方がせこくないか」

「呼び出した方が奢るのが常識ってもんだろうが」

「呼び出したわけじゃない。話があるって言っただけだ」

「同じじゃねえか」

「違うさ」

　そこで坂田は笑みを浮かべた。優しくて、柔らかくて、悪意などひと欠片もないような笑みだ。

　危ねえな。

信哉はテーブルの上で心持ち、指を握り込んだ。

坂田に悪意があるとは思わない。悪意はないが、企みは抱えている。用心しなければならない。

危険で、厄介。

スマホで会話したときも感じたではないか。

危ない、危ない、近づくな。ろくなことにならないぞ、と。なのに、こうして人気のないファストフード店まで出向いている。せっかくの休日だというのに。やるべきことも、やりたいこともたっぷりあるというのに。

「呼び出したのなら、こっちの一方的な都合かもしれないけど、今日、久遠くんはおれの話を聞きたくてここに来たわけだからな。五分と五分。貸し借り無しってとこじゃないの」

「おまえの話が聞きたくて来たわけじゃねえよ。ただ、妙に意味ありげな言い方するから、つい釣られちまっただけだ。おれは、だいたい釣られ易い性質なんだ。すぐに引っ掛かっちまう。うちのおふくろからは『あんたは上手い話に乗って、身を持ち崩すタイプだからね。怪しい話には気をつけなさい』って、ひよこ組のころから忠告されてんだ」

「ひよこ組？」

「幼稚園の年少組だよ。ちなみに年中はうさぎ組、年長はぞう組だ」

坂田が噴き出した。

「はは、ほんとおもしろいね、おまえさんは。話しててマジで楽しい。癖になりそうだ」

「おれはちっとも楽しくねえよ。だいたい、なんで待ち合わせ場所がここなんだ」

「気に入らなかったか」

「前の喫茶店の方がいいだろう。駅から近いし。正直、ここのコーヒーなんて、水に色が付いてる程度のもんだぞ」

「あの店はもうない」

「え？」

「ほんの十日ほど前だけど。店仕舞いしちまったんだ。なんでも、マスターが相当の借金を抱えてたらしくて、夜逃げに近い状態で閉店しちまったと聞いたけどな」

「……そうか」

坂田に指示されて初めて訪れた店だった。昔ながらの喫茶店の趣を残した店内には、コーヒーの香りが染み付いていた。コーヒーなんて好きでも嫌いでもなかったし、本格的な淹れ方も知らなかったけれど、口中に広がる濃厚な苦みやコクには驚いた。そういう店を知っていて、当たり前のようにコーヒーを注文している坂田に、ほんの少し気後れしたのを覚えている。

「マスター、拘りがすごかったからなあ。豆の仕入れとか保存とか淹れ方とか徹底して、プロというよりちょっと偏執っぽかった。コーヒーに人生を捧げたんだなんて、冗談っぽく言ってたけど、半分は本音だったんだろうな。けど、固定客は年配の……ってか、年よりばっかでな。店の雰囲気暗いし、コーヒー以外のメニュー、ほとんどないし、一見《いちげん》の客入りにくいしって、そりゃあ流行《はや》らないよなあ」

そこで、坂田は首をほんの少し傾ける。

「要するに、人ってのは自分の好みだけじゃ生きられないってことかな。世の中、やっぱ厳しいんだ」

「おまえ、幾つだ。言ってることも態度も、カンペキおっさん化してんぞ」

「うーん、かもな。けど、若いから未来はバラ色だなんて妄想も持っちゃいないでしょ。そこまで能天気にはなれないよな。おれたちは若いかもしれないけど、好きなようには生きられないっての、骨身に染みてわかってる……よな」

信哉は口を閉じ、再び眉を寄せた。

話題が絞れない。話の筋が読めない。

「おまえさ、おれと世間の厳しさについて話し合いたいわけか」

「まさか。それなら、もっと違う相手を選ぶさ」

「おれだって、そんな鬱陶しい議論の相手になりたくねえよ」

背筋を伸ばし、坂田を見やる。

「じゃ、聞くけどな、本日の目的はなんだ？　え、今日の議論のテーマってのを発表してもらおうか」

「喧嘩腰だね」

「おまえと仲良しごっこしたって、なんの得にもならないし、楽しくもないからな」

ははと唇だけで笑って、坂田が立ち上がる。

「コーヒーでいいよな。色付き水に近いけど」

「カフェオーレにしてくれ」

「遠慮なしだな」

「おまえに遠慮しても得にならないし、楽しくもないし」

「はいはい、わかりましたよ」

口元だけの笑みを浮かべ、坂田がカウンターに向かう。薄い背中は、どこか頼りなげにさえ見えた。むろん、見えるだけで、背中の主は見場よりずっとしたたかで、逞しい。

よくわかっている。そう簡単に欺かれはしない。

信哉は指を広げてみる。手のひらはほんの少しだが湿っていた。汗をかいたのか。力を入れ過ぎだ。もっと緩め。

自分に言い聞かす。

たかだか、他校の新聞部じゃないか。向こうがおれより偉いわけじゃない。おれが坂田より偉いわけでもないけどな。つまり五分五分。同い年の対等な関係だ。

胸の内で、何度も呟く。なんで、そんなことを呟いているのか、自分でも不思議だ。変に張り詰めているのだ。

坂田と向かい合うとどうしても構えてしまう。今まではそうだった。きっと、これからもそうだろう。そう度々、会いたい相手ではないが。しかし、今日の緊張は、また異質な感じだった。上手く言葉にできないけれど、胸の底が疼くようだ。そうとしか言いようがない。疼いて、気持ちが悪い。なのに、疼きの底がわくわくと蠢《うごめ》く。疑念？　不安？　それとも、期待だろうか。

「ほい、お待ち」

何の変哲もない白い紙コップが目の前に置かれた。茶褐色の液体が揺れる。湯気と微かな香りも揺れた。

「何を提案するつもりなんだ」

坂田が腰掛けるより先に、問う。

問われた者はちらりと視線を投げかけた後、紙コップの中身をすすった。そして、

「貢のことなんだけど」

と、妙に密やかな物言いをした。

「三堂？　三堂がどうかしたのか」

「うん。その前に久遠、清都の陸上部のこと知ってるよな」

さらりと呼び捨てにされたけれど、それで親近感がわくわけでもなかった。違和感も

さほど覚えなかったが。

「活動停止のことなら、知っている。理由とか経緯まではわからない。てか、いろんな

噂が飛び交ってて、どれが本当でどれが作り話なのか、見分けがつかねえ」

「陸上部員がどっかの女子高生を集団レイプしたとか、クスリをやってたやつがいたと

か、無免許で高速をすっ飛ばしていて捕まったとか、そういう類のやつな。まっ、ほぼ

ガセだ」

「一応、チェックしてんだ」

「在校生ですから。それに、従兄弟が陸上部員だしね。気になるのはトーゼンでしょう。

いろいろ心配ではあるしねえ」

「けっ、白々しい。そんな台詞、三堂が聞いたら後ろから首を絞められるぞ」

坂田は首に手をやり、僅かに身を縮めた。

「いや、正面からだった」

「は？」

「正面からタオルで首を絞められた。危うく絞殺されるとこだった。今、思い出してもぞっとする」

坂田の手がTシャツから覗いた首を撫でた。

「そうか……そりゃあ、残念だったな。まっ、三堂にしたっておまえを殺して殺人犯なんてなりたかねえだろうしな。途中で止めたのは賢明な選択だったな。はは、よかったな、坂田。賢明な従兄弟で、命拾いしたじゃねえかよ」

カフェオーレを口に含む。弛緩した味だなと思った。急に、名前も忘れた喫茶店の濃いコーヒーが飲みたくなった。

「冗談にしちゃ質《たち》が悪いな」

「質のいい冗談なんて糞くらえだ。理由とか原因とか、おれは知らん。知ったからといって」

「得にもならないし、楽しくもない」

「……だな。ただ、清都の陸上部が不祥事のために、活動停止に追い込まれた。それは事実だろう」

「まさに」

「で、清都学園の何をリークして、見返りに何を要求するつもりだ」

「はあ？　ちょっと待てよ。久遠さ、昨夜、三流スパイ映画でも見たのか。でなきゃ、三流スパイ漫画か小説でも読んだ？」

「三流スパイ映画も漫画も小説も好きだが、あいにく、昨日は縁がなかった。ふーん、じゃあ、おれから何かを探り出そうとかじゃないんだ」

相手の眼を覗き込んでみる。眼鏡の向こうの双眸からは、どんな感情も読み取れなかった。

「久遠がおれの欲しい情報を持っているとは思えないんでね」

「そりゃあお互いさまだろ。清都の陸上部は活動停止だ。むろん、試合に参加できない。東部第一の陸上部マネジャーとしては、気にする必要もないってことだ。清都の選手がどれほどの記録を持っていようと、世界新のタイムを出そうと関係ないね。うちとは競う機会がないんだから。敵にもライバルにもならない。つまり、おれにとって価値のある情報をおまえは持ってないって話さ」

「その機会を作ってみないか」

滑らかに動いていた舌が止まった。止まった拍子に先を噛んでしまった。飛び上がるほど痛かったけれど、辛うじてこらえた。不味いカフェオーレを飲み、束の間の時間をかせぐ。冷静になるための時間、痛みに耐える時間だ。

「何て言った」

カフェオーレを飲み干して、尋ねる。

なぜか、坂田は目を伏せた。眼差しがすっと横に流れる。楕円形の肉厚の葉をつけた観葉植物に注がれた視線はすぐに、信哉の顔に戻ってきた。

「実はな……」

酷く言い難そうに唇を歪める。信哉としては、これが心情のままの仕草なのか芝居なのか迷うところだ。

「貢のところに、陶山の伊藤監督から電話があった」

「陶山？　陶山ってあの陶山か？」

口にしてから、自分を殴りつけたくなった。何とも間の抜けた問い方をしてしまった。

嗤笑《ししよう》ものだ。それでなくても、相手は皮肉屋で冷笑も嘲笑もお手の物だというのに。

しかし、坂田は噛わなかった。真剣な表情で、そうだと首肯しただけだった。

「貢が在籍していた高校だよ。陸上の名門で監督は伊藤幸信。陶山高校陸上部のＯＢで、マラソンの日本代表として」

「わかってる」

坂田の言葉を断ち切るように、手を振った。

「それくらい、わかってる。陶山のことを知りたいわけじゃない。知りたかったら自分で調べる」

「ああ、だよな」

「それで、陶山から戻ってこいって誘いがあったのか」

ヒュッ。

坂田が短い口笛を吹いた。澄んだいい音だった。

「鋭いね、久遠くん」

「それくらい、ひよこ組の園児でもわかる。清都では陸上が続けられない。三堂クラスの選手を宙ぶらりんのまま放っておくのは、あまりに惜しい。それなら、もう一度呼び戻してうちで、と考えても、不思議じゃないもんな。正直、陶山は名門だけど、このところイマイチって感じじゃないか？　三堂が帰ってくれれば、挽回の可能性が高くなるのは間違いないだろうし」

「うん、まあ、そういうとこかもしれない。ただ、傍でやりとりを聞いてた具合だと、伊藤監督、けっこう必死こいてたイメージ、あったな。内容までは聞こえなかったけど、貢をちゃんと育ててみたいって……指導者としての欲望っていうのか、野心っていうのかそんなものに炙られてる感じはしたけどなあ。陶山の成績とか結果とかは二の次になってたみたいだ。あくまでおれの感じだけどな」

信哉は身体を引いて、背中を背もたれにくっつけた。

「三堂の電話を盗み聞きしてたのかよ」

「うん」

これ以上ないほど、あっさりと坂田は認めた。

「貢って、走ることにかけちゃ天才かもしれないけどな、他ではかなり抜けてる部分があんだよな。言っとくけど、盗聴器セットしたなんてやばい真似したわけじゃないんだぜ。たまたま、伊藤さんからの電話をおれが受けて、貢に取り次いたんだ。で、そのまま、後ろで耳を澄ませていたってわけ。な、ものすごく原始的な盗聴方法だろ。フツー、気付くよな。後ろに人がいるの。なのに、あいつは気付かないんだ。レース中にさ、あれだけ周りが見えてんのに、日常生活ではすこーんと抜けちまってるの。大丈夫かなって、時々、心配になる」

「大丈夫だろ。電話を盗み聞きしようなんて従兄弟、そうそういないから。おまえみたいな同居人がいるなんて三堂も不運だったな」

おれなら、尻尾巻いて逃げ出すな。

信哉は本気で考えた。

こんな危なっかしい野郎と一つ屋根の下で暮らせるもんか、まっぴらだ。しかし、今は三堂の生活環境はどうでもいい。

「それで、三堂は陶山に戻るのか」

「いや、断った」

これもあっさりと答えが返ってくる。

「断った？　しかし、清都にいても陸上は」

「できない。自主練習のメニューは一応、渡されるみたいだけど、どんなに練習しても、いつ試合に出られるようになるのか、まだ霧の中だ。先はさっぱり見えていない」

「それなら……」

「うん、陶山に戻る方が利口だよな。誰が考えても。しかも、向こう側から頭を下げて迎え入れようってんだし」

「三堂は抜けてるかもしれないけど、アホじゃないよな」

「アホにああいうレース運びはできないっしょ」

そうだ。三堂のあの緻密なレース運びからは、確かな知性が伝わってきた。自分を知り、相手を知り、レースを作っていく知性だ。碧李もそうだった。接していて、紛い物ではない知性を感じる。ただ三堂のように研ぎ澄まされていないとは思う。硬質ではなく、柔らかくしなやかだとも思う。

「あれ？」

眼鏡の奥で瞬きして、坂田が首を傾げた。

「何で黙っちゃう。ここで、『じゃあ、どうして三堂は誘いを蹴ったんだ』って聞いてくれなきゃ、話が前に進まないんだけど」

不意に坂田の手が動いた。紙コップを上から押し潰す。飲み干され、空になったコップは抵抗なくひしゃげ、ほとんど音を立てずに床に落ちた。

ふふっ。

密やかな声で坂田が笑った。

「お見通し、ってか。久遠もなかなかの知恵者だな」

ひしゃげたコップを拾い上げ、坂田の前に置く。

「そう、加納さ」

コップの向こうで坂田がテーブルに肘をついた。

「貢は、加納と走りたいんだ。だから陶山を蹴った。まあ、地方大会の決勝戦まで残れば、同じトラックで走れもするだろうがなあ。貢はその可能性、百パーセントに近いけど、加納はそうはいかないだろう。よくて五十パーセントそこそこだろう」

「おい、そんな言い方ないだろうが」

「客観的に事実を述べてる。加納が地方大会の決勝レースに出てくる確率は五十パーセント。全国大会決勝なんて夢のまた夢っしょ。で、加納が貢に勝つ率ってのも、ほとんどゼロに近いよな。まさに奇跡でも起こらない限り、無理」

「そんなのわかるもんか。やってみないとわからない」

「そう、わからない」

坂田の手がさらにコップを潰した。深い恨みがあるかのようだ。ぺしゃんこの白い紙コップが哀れに見える。

「わからないんだよなあ、加納って。他の選手なら絶対に無理だって言い切れるのに、加納だけは揺らいじゃうんだ。もしかしたらって、考えてしまう。どうしてなんだろうな。それほどすごい選手だなんて、ちっとも思ってないのに」

ぶつぶつと坂田は呟く。独り言のようだ。信哉の存在を忘れているようでもある。

忘れてもらって、結構。おれはおれで考えるべきことは、ある。いろいろあるけれど、
まずはあの一言の意味だ。

機会を作る。何の機会だ。まさか……。

「なあ、久遠」

くっきりとした声で坂田が言った。

「加納と貢をもう一度、走らせてみようぜ」

信哉は顔を上げる。

テーブルの上で、潰れた紙コップが震えたような気がした。

大地を走る

碧李は顎を引いた。

「ノブ、どうかしたのか？」

「どうかしたって、何で？」

信哉が問い返してくる。

「どうもしないのか」

「だから、何でそんなこと聞くんだよ」

「……トレシャツ、裏になってる」

「えっ」

信哉の黒目が左右に揺れた。指がトレーニングシャツの裾を摘まむ。

「わわわっ、ほんとだ。ミド、おれ裏表逆に着てんぞ」

「だから、そう言ってんだ」

「勘弁してくれよ。この格好でうろうろしてたなんて、恥ずかしすぎて、死ぬかも」

「そこまで繊細じゃないだろうが」

信哉の慌てぶりがおかしい。おかしいけれど、笑いにはならなかった。淡々《あわあわ》と胸の奥で消えてしまう。消えた後に違和感が残る。信哉に対する違和感だ。

今日のノブ、どこか変じゃないか。

「あー、ハズい。ハズい。おれとしたことが、こんな失態をしでかすとは。まったくもってハズい」

トレーニングシャツを脱ぎ着する信哉を、碧李は少しの間、見詰めた。

グラウンドには風が吹いている。

まだ、涼やかとは言い難い風だ。けれど、どこか軽やかではある。湿った重さがない。

秋の風だった。

「絶好調か」

トレシャツの前を叩きながら、信哉が呟いた。

「うん？」

「調子はいいかって、聞いたんだよ」

「先に質問したのはこっちなんだけど」

「ミド、おれを誰だと思ってる」

「は？」

「東部第一陸上部のチーフマネジャー、だぞ」

信哉の胸が反った。

「十分すぎるぐらい理解してる」

「だったら、ちゃんと答えろ。マネジャーが選手にその日の体調を尋ねてるんだ。おまえには、正確かつ素直に答える義務がある」

碧李は軽く、肩を窄めた。

「絶好調とまではいかない。でも、身体は軽い。身体に気になる箇所もない。というところです、久遠マネジャー」

「十三分台、出せそうか」

「はい？」

「はい？　じゃねえよ。今の調子なら、十四分はきれそうな感じか。いや、13分0秒台とか狙える自信、どうですかね」

「いきなり、日本新かよ」

「出せそうな気がしないか」

「自己ベストを一分以上、更新しろってか。ほとんど無茶振りだぞ、ノブ」

碧李は視線をグラウンドに巡らせてみる。

陸上部の練習が始まろうとしていた。

ハードルを運ぶ者がいる。ラインを引く者がいる。練習メニューを読み返している者がいる。談笑している者もストレッチに励んでいる者もいる。

練習開始前の雑多な時間だ。みんながばらばらで、一貫性がない。これが監督の掛け声とともに一旦、集まり、合同練習の後、また、それぞれの競技に分かれていく。

「今日は野外走だ。いつものコース」

背後で信哉が告げた。

「うん」

「最後、一キロは全力疾走。それを頭に入れて、ペース配分すること。前回の記録を下回ると監督からお仕置きされるそうだ」

「お仕置き？　何だそれ？」

「何だろうな。秘中の秘らしい。まさか、磔《はりつけ》なんかにされちゃったり……、なんてのはないはずだ」

「物騒だな。とても陸上部の話とは思えない」

練習前の、信哉とのどうでもいい軽い会話。

これがウォーミングアップになる。気持ちの、だ。

肉体と同じように、軽く揺すり、緩め、本番に臨む形を作っていく。硬直した身体では走れない。強張った精神でも走れない。肉体と精神は連動し、互いを押し上げもするし、縛りもする。骨身に染みて、知っていた。

だから、練習であろうと試合であろうと、事前に冗談交じりの会話ができて、笑えることはありがたい。

大丈夫だ。がちがちに凝り固まってはいない。動く、走れる。

そう自分を信じられるのだ。むろん、信哉も心得ている。心得た上で、あれこれ話しかけてくる。生来の話好きの面もあるだろうが、それだけじゃない。ちゃんとタイミングを計っていることは、明白だった。

もう一度、視線を巡らせる。

練習前の光景を眺める。

これを奪われた。

思考が三堂へと繋がっていく。

これを奪われたのだ。

今、清都のグラウンドには、陸上部員の姿はない。碧李の前に当然のものとして広がる光景が、ないのだ。

おまえ、今、何をしてるんだ。

無言のまま、三堂に語りかける。

理不尽な現実に憤っているのか。現実を淡々と受け流したのか、受け止めたのか。それとも……。

碧李はかつて自分で走ることに背を向けた。弱さゆえに対峙できなかったのだ。三堂は違う。ぶれることなく向かい合っていた。なのに、むしり取られたのだ。暴力的なほど唐突に。

それは落胆や憤慨を超えて、屈辱ではなかったか。

あの研ぎ澄まされたプライドが疼かないわけがない。軋みに似た音を立て、呻いたはずだ。

碧李はかぶりを振った。

考えてもしかたない。

三堂の疼きは三堂のものだ。焦りも苦痛も、呻きも絶望も三堂だけのものだ。手の出しようがないし、手を出せばしたたかに振り払われるに違いない。

おれなら縋るかもしれない。

ふっと思った。

大丈夫か？　と、差し伸べられた優しい手に縋りついて、泣くかもしれない。

それほど弱い。

自分の脆さ、危うさ、弱さを碧李は嫌になるほど解していた。ここだけは、ごまかす術がない。自分が脆弱であることを承知の上で、走るしかないのだ。

憧れはする。

三堂の強靭さを仰ぎ見るような心地にさえ陥る。

三堂のように強くはなれない。

「あああっ」

信哉が小さな悲鳴を上げた。

「どうした？」

「ストップウオッチも予定表も忘れてきた。まったく、何やってんだかね。おれ、ちょっと部室に戻る。おまえはストレッチをちゃんとやっとけよ。あ、練習前に監督から、中・長距離ランナーの酸素摂取能力について三分間プチ講義があるらしいぞ。うわっ、その資料のプリントも忘れてる。おれ、マジやばい」

「ノブ」

「何だよ。えっと、他に忘れ物はないよな」

「何があったんだ。白状しろ」

声に力を込める。信哉が瞬きをして、碧李を見詰めた。

「白状しろって、おれは犯罪者か。結婚詐欺で何人もの女を騙して金を巻き上げたのか」

「ここで、どうして結婚詐欺が出てくんだよ」

「おれが犯罪起こして捕まるとしたら、それしかねえんじゃね。まさか、このおれがコソ泥や痴漢ってのは考えられないし。まっ、詐欺しなくても女性たちが貢いでくれるってケースもあるっちゃあ、あるかもな。へへ」

「ノブ、もうすぐ練習が始まる。時間がない」

「わかってる。だから急いでるんじゃねえかよ。おまえが呼び止めるから……」

碧李は一歩、信哉に近づいた。信哉が足を引く。

「何でボケッとしてるのか、その理由を話せ」

「おれはボケッとなんか……」

「してないなんてごまかすな。トレシャツを裏表に着て、やたら忘れ物をして、妙にベらべらしゃべって。おれでなくたって様子がおかしいってわかる」

信哉は何か言いかけて、口をつぐんだ。唇の先だけが微かに動く。その唇から、

「……ごまかすつもりはない。けど、迷ってるんだ」

掠れた声が零れた。

「迷う？　何を？　おれに言えることとか」

信哉の様子が変だと気付いたから、問い質した。しかし、個人的な事情に踏み込み過ぎてはならない。興味や好奇心や自分の想いだけで、他人の内を窺ってはならないのだ。信哉が「ほっておいてくれ」と言うなら、これ以上、入り込まない。後ろに身を退く。

「おまえに言えるじゃなくて……、言わなきゃいけないことだと思うんだよな。多分。でも、もしかしたら、黙ってて何にもなかったってことでいいんじゃないかと、むしろ、そっちが正解かもなんてことも考えたりして……。けど、やっぱり、全部話して、一応、相談というか報告というか、そういうのした方がいいかもしれないかもしれないかもしれなくて……」

信哉の物言いはややこしく、不鮮明で、耳をそばだてないと聞き取れない。碧李は眉間に皺を寄せた。

「ノブ、もう少し、わかり易く頼む」

「うん……、ミド」

「うん」

「練習終わったら、ちょっといいか」

「ここでじゃ駄目なんだな」

「ゆっくり話したい。おまえの奢りで一杯、飲もうぜ」

「おれが奢るのかよ」

「おれ、金がないんだ。いろいろあって小遣い、すっからかん」

「まったく、何言ってんだか」

苦笑の後、碧李は小さく頷いた。

胸裏が僅かばかり緊張する。

ノブは何を抱えてるんだ。

口調のわりに、笑っていない眼を見詰める。

信哉個人に纏わる悩みではないだろう。「おまえに言わなきゃいけない」と、はっきり告げたのだ。

おれが関わってる？

信哉は踵を返し、足早に部室へと向かった。グラウンドでは部員たちが集まり、準備運動を始めている。

「おい、加納」

誰かが呼んだ。

遠ざかる信哉の背に一瞥を投げて、碧李は唇を固く結んだ。


野外走は好きだ。

グラウンドや競技場のトラックを走っているときとは、違う。気持ちが軽かった。風景が流れていくからなのか、レースの重さが払拭されるからなのか、気分が弾む。

「おーい、頑張れ」

店先から声を掛けてくる店主がいる。すれ違いざま、口笛を吹く男がいる。母親に手を引かれて、見上げてくる幼児がいる。

風にそよぐ並木の枝があり、目の前を過る赤蜻蛉《あかとんぼ》のきらめく翅がある。花の香りがして、自動車のクラクションが聞こえる。それが心地よい。

多様なものに囲まれて、世界の片隅に存在していると感じる。記録や順位のためではなく、勝つためではなく、何のためでもなく走っているという気持ちになるのだ。

「ラスト一キロ」

信哉が叫んだ。校門へと続く緩やかな坂道の手前だ。

「グラウンド二周して、ゴール。全員、全力疾走だぞーっ」

「きつっ」

「先輩、おれ無理っす」

「足が動かねえ」

背後で悲鳴に近い声が沸く。

「文句が多い。設定タイムを下回るようなら、ランニング一キロ追加。覚悟しとけよ」

「鬼っ」

「久遠、覚えとけよ」

「はいはい、それだけ元気があるなら問題ないね。ほらっ、ペース上げろ。最後の一キロを全力で走れないようなら、ラスト一周のスパートなんてできねえぜ」

チーフマネジャーと選手たちのやりとりを聞きながら、碧李は脚に力を込めた。足裏に大地を蹴る感触が伝わる。

心地よい時間は終わりだ。

タイムとの勝負がまた、始まる。

風景から色も匂いも音も消える。代わりに、自分の身体が手応えを増す。心臓の鼓動が耳の奥で響き、汗が肌を伝わる。汗も、肌も、骨さえも火照っている。

ゴールライン。地に引かれた、白い一本の線に飛び込む。それだけが全てになる。


「調子、ゆっくりとだけど上がってるな」

アイスコーヒーの中身をストローの先で軽く混ぜ、信哉は透明プラスチックのカップを持ち上げた。水滴が一筋、滑り落ちる。

コンビニに併設されている飲食コーナーは、窓に沿ってカウンター型のテーブルと背もたれの無いスツールが並んでいるだけだが、壁も床も新しく清潔な感じがした。

「そうだな」

ペットボトルの水を飲み下し、答える。

「実感、あるんだ」

「調子は悪くないとは感じる。けど、調子なんて波があるし、そこをコントロールできるほどの力はまだ、おれにはないし、な」

「謙虚だな。それとも自己評価を低く見積もるタイプだったか」

「自信がないってだけだろ」

「けど、調子は上がってる。しかも波がない」

信哉が指先をひらひらと動かした。

「ずっと上がってる。落ちてねえんだよなあ、不思議と」

「そうか？　記録的には、そんなによくはないだろう」

「数字じゃない。おれの感覚だ」

「おまえの感覚って、当てになるのかよ。ちょっと頼りないな」

そこで笑うつもりだったが、止めた。信哉が笑っていなかったからだ。真剣な眼をしていた。思い詰めたようにさえ見える。

「ノブ……」

「ミド、おれ冗談で言ったんじゃないぞ」

「うん？」

「タイムのことだ。おまえは、近いうちに十四分をきって、十三分台前半を出せる。日本新はともかくとして、高校新ぐらいはそう先のことじゃなく塗り替えちまうんじゃないか……と、本気で思ってんだ。うん、本気の本気でな」

ちらりと碧李を見やり、信哉はなぜか額に手を当てた。

「でも、おまえ、そーいうこと望んでないよな」

「記録を塗り替えることとか。そうだな……望むとか望まないとかじゃなくて、おれには関わりがないとは思ってた」

「野心がないんだよな、おまえは」

「野心……か」

ペットボトルを振ってみる。ぽちゃぽちゃと音がした。

アスリートならその能力にかかわらず、少しでも速く、少しでも高く、少しでも遠くへと望むのは当然だ。それを野心と呼ぶのかどうか、よくわからない。

碧李だって、記録は気になる。好タイムを出したい。しかし、そのために走りたいとは思わない。思えない。

「ミド、笑うなよ」

信哉が鼻を鳴らした。

「うん？　笑うようなことしたのか」

「これからするんだ。チョウくさいこと言うからな。あのな……おまえな、何のために走ってる」

信哉の眼差しが真っすぐにぶつかってくる。物言いほど控え目ではない。

碧李はペットボトルを握り締めた。

「走るのが好きだから走ってるだけなのか。コンマ一秒でもタイムを縮めたいのか。別の、おれなんか、ちょっと思いつかないようなモチベーションがあるのか。どうなんだ」

信哉の顎が心持ち上がる。

碧李は目を逸らし、窓の外を眺めた。

よく磨かれたガラスの向こうに、見慣れた街の風景がある。

何のために走っているか。

どうでもいいようであり、何より重い問いのようでもある。

「……わからないな」

正直に答える。

わからない。

走ることを快感だと知ったのは、幾つのときだったろう。走るたびに余計なものが剝がれ落ちていく。身も心も軽くなる。紛れもない快感、震えるような心地よさだった。

今はどうだろう？

走るとは、ある意味、とても単純な行為だ。特殊な器具も使わず、込み入ったルールもない。けれど、厚い。あるいは深い。幾重にも積み重なっている。快感の層の下には恐怖があり、自滅がある。さらに掘り進めば、碧李には未知の古層が現れる気がする。

そんな底知れなさに魅了されているのだろうか。力の及ぶところまで、掘り進みたいのだろうか。それとも、子どものころの快感を追いかけているだけだろうか。

ちゃんと、答えられない。

「三堂と走るためってのは、どうだ」

「え？」

身体ごと、信哉に向き合う。バランスを崩して、スツールから転げそうになった。

「なあ、ミド。おまえさ、三堂と走りたいか。そういうの、望んでんのか」

「走りたい」

これには明確に答えられる。

走りたい。

三堂の背中を追い、横に並び、さらに走りたい。

不意に指先が震えた。

ペットボトルを持ち続けるのが困難なほど震える。感情が突き上げてくる。生の痛みを伴うほど強く、激しく突いてくる。

走りたい。走りたい。走りたい。走りたい。

息が詰まった。膝の上でこぶしを握る。ペットボトルが床に落ちて、転がった。碧李より一瞬早く、信哉が屈み込み拾い上げる。

「昨日、坂田に会った」

「サカタ？」

サカタという一言が、とっさに理解できなかった。が、すぐに、眼鏡の奥で細めた眼が浮かんだ。

「清都の坂田か」

「そっ、新聞部で三堂の従兄弟だか再従兄弟《はとこ》だか孫だか知らないけど、そーいうやつ。何考えてんのか、まったく見通せなくて、話してると妙に苛ついてくる相手でもある。札束積まれても友達になりたくないし、妹のカレシだったりすると最悪感Ｍａｘだな」

「おまえ、妹なんかいないだろう」

「喩え話だ。じゃ聞くけど、杏樹が坂田をカレシにしたらどーする？　やだろ、やっぱ。おれが兄貴なら命懸けで反対するね」

「命を懸けるほど坂田のこと、知らないからな。けど、そんなに嫌な相手とわざわざ会ってたのか」

「呼び出された。呼び出されて……」

「おれと三堂を走らせてみないかと？」

「うん。坂田曰く、そう難しい問題じゃないってさ」

「そう難しい問題じゃないよな」

坂田はうっすらと笑いながら、言った。

「ただ五千を走るだけだ。チームが必要なわけでもないし、審判もいらない。ただ、ちゃんとしたトラックは欲しいよな。でも、それだって、東部第一の敏腕マネジャーなら簡単だろう。実際、練習だって地元の競技場、度々使ってるもんな」

「よく知ってるな。調べたのか」

「今は、どのガッコにもホームページなるものがあるからな。陸上部の活動を調べるのなんて、なんの苦労もいらない。歯磨きより楽だ」

そりゃあえらく大層な歯の磨き方をしてんだなと嫌味の一つも投げつけたかったが、そこまでの余裕がなかった。

「けど……、清都の陸上部は今、活動停止じゃないのかよ」

かろうじて言い返す。

坂田は眉を寄せ、眉間に皺を作った。

「だからやるんじゃないかよ。これまでなら、加納と貢の個人的な競い合いはまるでリアルじゃない。可能性、ほとんどゼロだ。けど、今はこっちが部活停止なわけだから、部員が何をしたって構わないだろう。練習の一環として、他校の選手にサポートしてもらったってことにすりゃあいいし」

「そっちはいいかもしれないが、うちはちゃんと活動してるし……」

「久遠」

坂田の眉間の皺がさらに深くなった。

「何びびってんだよ。ガッコなんて関係ないだろう。陸連もそうだ。関係あんのは、加納と貢、二人だけだ。それと、まあ、おれたちが一応、見届け役になるぐらいさ。別にいいだろ。あの二人は前にもつるんで走ってたじゃないかよ。何の問題もないぜ。久遠が場所さえ押さえてくれれば、それで全て丸く収まる」

「何、企んでんだよ」

「また、そーいう言い方する。他人を腹黒い政治家みたいに言わないでくれる」

「じゃあ、尋ねるけど、何のために二人を走らせたいんだ。三堂が走りたいからどうにかしてくれって、頼んできたのかよ」

「まさか。貢が他人に頼み事なんかするもんか。これは、おれの個人的な願望だな」

「願望？」

「そうそう。てか、願望と書いて下心と読むってやつかもな」

そこで、信哉はやっと目の前の男の真意に気が付いた。

「二人を競わせて、それを記事にするってことか」

「まあな。この前の記録会があんまりおもしろかったんで、もう一度、再現したいって思ってる。いや、実際、加納と走っていると、貢の未知の……おれにとって未知の面がぽろぽろ出てくるみたいで、驚いてたんだ。おもしろいね、マジで。感覚的な話で申し訳ないけど、あっ、久遠、何か追加注文するか」

「二杯目も奢りか」

「ご冗談を」

「じゃ、いらない。いらないから続けろ。感覚的な話って何だよ」

顎をしゃくる。坂田の話に引きずり込まれそうだった。悔しいけれど続きが聞きたい。

「だからな。あの二人、水素と塩素みたいに一緒にすると、ちょっとした化学反応を起こす気がしないか。べつに危険なガスが発生するとか爆発するとかじゃなくて、それぞれが互いの刺激で変容するみたいな……そんな気がするんだ。さらに言えば」

坂田が束の間、黙り込む。信哉は思わず、身を乗り出していた。

「貢は加納を踏み台にして、さらにパワーアップする。そんな予感がするんだよな。おれ的にはそういう場面に立ち会いたいわけよ」

乗り出していた身体を引いた。

「ずいぶんと好きなこと言ってくれるな。ふざけんなよ」

「けど、加納と貢じゃ、ランナーとしての力に明らかな差があるだろう。なのに、貢は加納とのレースに苦しんだ。タイム的にも凡庸だったしな。それはなぜなのか。貢は加納に乱された。とすれば加納に、おれには見通せない力があるのか。あり得ないけど、もしかしたら……貢を超える選手なのか。いやあ、おもしろいよなあ。こんなおもしろい二人をほっとく手はないでしょ」

「おれは新聞部の部員じゃない。陸上部のマネジャーだ」

「そうだな、けど」

坂田はそこで、笑んだ。柔らかな笑みだった。

「久遠だって、走らせてみたいだろ」

「おれは……」

「加納に尋ねてみろよ」

坂田が声を潜めた。

「三堂貢とのレース、欲しくないかって尋ねてみろ」

柔らかな笑みのまま、坂田は立ち上がった。

「じゃあ、返事、待ってるから」

引き留める気はない。信哉は、遠ざかっていく気配だけを背に感じていた。

「……そうか」

呟く。

「そうなんだ」

信哉も呟きを返してきた。

夕闇が静かに街を包み始めた。コンビニのざわめきが、一際、大きくなる。信哉の視線が誰かを捜すかのようにうろつく。

「正直、複雑な心境なんだよなあ。坂田の手の上で踊らされるのは癪だし、嫌なんだけど、確かに、おまえと三堂のレースをもう一度見てみたい気はする。見たいだけじゃなくて、おまえが変わるんじゃないかって、すげえ感じるんだ。坂田は踏み台なんて言いやがったけど、おれは、台になるのはあっちだと思う。三堂を台にして、高く跳べるんじゃないかってな。贔屓目《ひいきめ》じゃなくて思ってんだ」

「なるほど」

スツールから下りる。

「帰るのか」

「ああ、帰る。今日は炊事当番なんだ。杏樹に五目炒飯作ってやるって約束してる。買い物に行かなきゃ」

「所帯じみてるな。現役男子高校生の台詞かよ」

「これが現実ってものさ」

「ミド」

「うん?」

信哉がほんの少しうつむいた。

「すまなかったな。変なこと言っちゃって。なんだかんだ言って、おれ、坂田に振り回されてるよな。動揺してるってわかってんだ。ほんとは、おまえに伝えたりしちゃいけなくて」

「やってみたい」

「え?」

「おれ、三堂と走ってみたいよ、ノブ」

信哉の目が見開かれる。頬が固く引き締まった。

「走ってみたい」

もう一度告げて、コンビニを出る。
暮れていく空に星が瞬いていた。

スタートライン

そのときの心のありようによって、風景は違って見える。今まで何度も経験した。同じ建物、同じ木々、同じフィールド、同じトラックであるはずなのにまるで別のものになる。

今もそうだった。

早朝の市営陸上競技場はいつもと異なる姿を、碧李の前に現していた。試合でも練習でも幾度となく足を運んできた。

見慣れた上にも見慣れている。

季節ごとに変わる空の色や風の向き、光の加減まで熟知している、とまでは言えないが、しっくりと身に馴染んだ場所だ。

その風景が違っている。

いつものように馴染んでこない。

だまし絵のようにどこかちぐはぐで、違和感がある。

胸が騒いでいるのだ。

落ち着かない。

「来るかな」

信哉が背後で囁いた。

「そりゃあ来るよな。仕掛けたのはあっちなんだから」

自分の問いに自分で答え、信哉は提げていたスポーツバッグを下ろした。中からタオル、飲料の入ったペットボトル、スプレー、折り畳んだシートなどを次々と取り出す。

「ずいぶんと準備してきたんだな。本格的な試合バージョンじゃないかよ」

「試合だよ」

にこりともせずに、信哉が答える。笑みどころか緩みさえない表情だ。物言いも顎も眼つきも、強張っている。

珍しい。

信哉はたいてい笑っている。

嘲笑や冷笑ではなく、何の屈託も暗さも感じさせない笑みを浮かべる。それは相手の緊張も警戒もするすると解いてしまうのだ。

「加納、久遠ってのは、なかなかの人たらしだったんだな」

箕月監督がそう言ったことがあった。言った後で、顎をしゃくった。その先では信哉が部員たちと談笑している。引退したばかりの三年生も四月に入部した一年生も同級生の二年生もいた。

「普通は学年が違うと、微妙に空気がでこぼこするもんなんだがな」

「でこぼこですか」

意味がわからなくて、碧李は首を傾げた。

「そう、でこぼこだ。先輩後輩の意識がどうしても働くだろう。で、遠慮したりちょいと肩に力が入ったり格好つけたりしてしまう。ところが久遠が加わると、それが滑らかになるんだな。みんな、素に近くなって、楽し気になる」

箕月の言葉を裏書きするように、どっと笑い声が起こった。

「なっ」

「はい」

信哉の気性はわかっているつもりだ。知り合ったのは陸上部に入部してからだが、付き合いの密度は濃い。

信哉は確かに人たらしだ。その笑みに釣られて、一緒に笑ったことが数えきれないほどあった。傍らにいると楽しいし胸が空く。「いろいろあるけど、まっ、いいか」なんて気分にさせられる。だから信哉の周りに人が集まってくるのも理解できた。

しかし、今日は硬い。気持ちの硬直が生々しく伝わってくる。

「おまえがどう考えてるかわかんねえけど、おれにとって、バリバリ試合なんだ」

「なあ、ノブ」

「何だよ」

「機嫌悪いな。噛みつかれそうだ」

「レース前の選手に噛みつくほどアホじゃねえよ。後ならわかんないけどな」

「何でここまでしてくれたんだ」

信哉の動きが一瞬、止まった。それから、顔だけをゆっくりと碧李に向ける。

「すまん。意味わかんね。おれがおまえに何かしてやったっけ？　まあ、しょっちゅう面倒は見てやってっけどな」

「今日のことだよ」

あえて冗談めかそうとする信哉を押し切るように、碧李は告げた。

「競技場まで借りて、けっこう手間だったろう」

「別に。試合のないときの競技場なんて、殺人現場になった空家みたいなもんだ。誰も近づきゃしないさ」

「えらい喩えだな」

「それに、おれ、しょっちゅうここの予約に来てっから、事務所のオジサンとは顔馴染みなんだよな。『使用許可、お願いしまーす』『あいよ』ってなもんさ。メンドなんかあるもんか」

「しかし、監督には何も言ってないんだろ」

「たりめえだよ」

信哉が鼻から息を吐き出し胸を反らす。威嚇のポーズのようだ。いつもなら噴き出しもするのだろうが、さすがに、今はそんな気分になれなかった。

緊張している？

そうかもしれない。

これから、三堂貢と走る。

その現実に緊張する。興奮もしている。感情が乱れ、流れ、風景さえざわめいて見える。

よくないな。

碧李は胸に手をあてた。

レースを前にして、これほど感情が揺らぐのはよくない。気持ちを消耗してしまう。

「今日は遊びだからな。あ・そ・び。まあ、ちょいと遊びがてら走ってみましょうよ的な展開だし。遊びなら、一々、監督にお伺い立てる必要ないだろう」

「理屈上はな」

「理屈も卑屈もあるもんかよ。ミッキーにばれちゃうと、他校の生徒と走るのはどーの、規約の問題がどーのとややこしくなるのミエミエじゃないか。わざわざ、事をややこしくする必要なんてねえし」

「けど、ばれたら、おまえ、大目玉くらうぞ」

「何だよ、ミッキーにびびってんのか」

「いや」

おれはいい。三堂と走れるのなら、監督の叱責を溺れるほど浴びても構わない。走れるのなら……。

「おれだって、見てえんだよ」

信哉の声は聞き取り辛いほど低かった。

「おまえと三堂のレースをもう一度、見てみたいんだ。それが叶うなら、たいていのことはやっちゃうさ。説教されるのも怒鳴られるのも覚悟の上でやってんだから、今更、ぐだぐだ言わねえし……って、ミド」

「うん？」

「おれ、今、めっちゃカッコよくねえ。うわっ、おれが女だったらぜってー惚れてる」

「そこまで自分で言うか」

「自分のことは自分が一番よくわかってるもんさ。だいたい」

唐突に信哉が口をつぐんだ。

視線が碧李の肩越しに投げられ、動かなくなる。

碧李は振り向き、軽く息を吸った。

来たか。

白いスポーツウェアが近づいてくる。光を存分に受けて、淡く発光しているようだ。

三堂貢を最初に見たのも、競技場だった。

一人、走っていた。やはり白いウェア姿だった。そして、光を浴び、光を放っていた。

五月、K市陸上競技場。

そこで出会った。

今立っている地元の競技場は、K市のものに比べると古く、狭い。それでも注ぐ光の分量に差はない。あの日と同じように、三堂は眩しかった。

昨夜、三堂から碧李のスマホに連絡が入った。

驚きはしなかった。

数カ月前、妹の杏樹が迷子になった。母から世話を頼まれて、さる商業施設の子ども向けイベントに連れてきていた。そこで目を離した隙にいなくなったのだ。

慌てた。〝誘拐〟〝行方不明〟。そんな文字が生々しく浮かんで、冷や汗が出た。イベント会場でたまたま行き合わせた三堂が一緒に捜してくれた。そのとき、便宜上、番号の交換をしていたのだ。そのスマホで三堂は杏樹の居場所を知らせてくれた。

「いたぞ。屋上だ」

その一言を耳にしたときの安堵感を今でも、はっきり覚えている。

「尋ねたいことが一つ、ある」

同じ声が昨日の夜、耳に響いた。時刻は九時を少し回っていただろうか。夜気は涼やかで、網戸だけの窓から心地よい風が吹き込んでいた。この風が間もなく、肌寒いと感じるようになるのだ。

「何で、光喜の……坂田の話に乗ったんだ」

三堂の声は無色透明で、どんな感情も伝わってこなかった。

「チャンスだと思ったからだ」

「チャンス？」

「三堂と走れる機会だ。逃す手はない」

「……それが理由か」

もちろんと答えようとして、言葉に詰まった。スマホを握る指に力を込める。

ふふっと密やかな笑い声がした。

意外だった。

三堂が笑うとも、こんな笑い方をするとも思っていなかった。

「別の理由があるってわけか」

「いや……」

口ごもる。

スマホを耳に押し当てたまま、碧李は暫く黙り込んだ。三堂も無言だ。息遣いさえ聞こえてこない。

「正直、よくわからない。けど、三堂の走りをすごい……いや、すごいってのとは違うな……」

言葉を探す。

上手く見つからない。三堂はまだ何も言わない。碧李を促すこともなく焦れる様子も伝わってこなかった。

静かだ。

「魅力的？　って言うのか、惹き込まれそうな気がする。圧倒的な力があって、一緒に走っていると呑み込まれるとか……溶かされるとか、巻き込まれるとか、そんな気になるんだろうな。だから」

そこで、碧李は息を一つ、吐き出した。

自分の内にある想いに少し、近づけた。ぴったりと重なりはしないけれど、まるで的外れでもない。

「挑戦してみたい」

挑みたい。抗いたい。あの強靭な走りに巻き込まれず、溶かされず、呑み込まれず走り通せるのか。それを確かめたい。

おれはどんな走りをしたいのか。

三堂に勝つための、記録に挑むための、世界を目指すための、走りを手に入れたいと望んでいるのか。

違うと感じる。

望んでいるものは違う。

何を望んでいるか、自分にすら明確に説明できない。だからこそ、走りたい。走ることでしか、自分の走りは見えてこない。

「前にも言ったけどな」

三堂が言った。ひどく静かな口調だった。

「おれは十二分台で五千を走る。十二分台の前半で、だ。世界に挑むんじゃなくて、世界の頂点《てっぺん》に立つ。そういうランナーになる」

「……ああ」

はったりではない。願望でも、夢でもない。

確かで現実的な目標だ。

「おれはおれの走りを誰にも奪われない。支配もされない。そんな柔な走りじゃない」

三堂は言い切った。

「それくらいは、おれでも理解できる」

そう答える。本心だった。部活動が停止になったぐらいで潰れるようなランナーではない。

「おまえが潰れるだの、追い詰められてるだの考えたことはないさ。ただ、興味はあった」

「興味？」

「そう。興味だ。今度の事件を受けて、三堂の走りは変わったのか、どうか。試合で走れない現状をどう受け止めているのか。気にはなった。明日、それを確かめられる」

おれは自分の弱さから、一度はトラックに背を向けた。何もかも放り出して逃げ出した。でも、帰ってきた。どうしても捨てきれずに、舞い戻ってきた。

三堂は違う。理不尽に取り上げられたのだ。それでも、走っている。自分への信頼を揺るがすことなく、迷いも不安も呑み込んで走り続けている。いや、迷いや不安などシューズの下で踏み潰してしまったのかもしれない。

己だけを恃《たの》みとする強さに畏敬の念さえ覚える。我が身の弱さを改めて痛感する。けれど、三堂のようになりたいとは思わない。

碧李は自分の弱さや脆さを抱えたまま走ろうと決めた。決めて、トラックに戻ってきたのだ。弱くて脆くて、危うい。そういう自分を持て余しながら、走る。

ふん。三堂が鼻を鳴らした。

「これも前に言ったけどな」

不意に、三堂の口調が変わった。鋭利な刃物を突き付けられた気がした。それほどの険しさが滲む。

「おれはおまえが嫌いだ。おまえみたいなランナーが嫌いなんだよ。どうしてこんなに嫌なのか、おれも上手く伝えられない」

「そうか」

それでも伝えようとはしてくれているんだな、三堂。

「そこんとこにもムカつく。おまえ、さっきおれの走りに惹き込まれるとか何とか言ったけどな、光喜に言わせりゃあ、おれがおまえに振り回されてるんだってよ。そういうのも、ものすごくムカつく」

「それは坂田とおれと、どっちにムカついてんだ」

「どっちにもだよ。おれは、おれのことをとやかく、さもわかったように言われるのが許せねえんだ。決めつけられるのも胸糞が悪い」

「おれや坂田が何か決めつけたりしたか」

「してねえよ。けど、ムカつくんだ」

「無茶苦茶だな。まるで意味がわかんない」

まるで、子どもが駄々をこねているみたいだ。三堂にはこんな一面があり、それを今さらしている。

「……わからなくて上等だ。わかられちゃ堪らない」

自分の無防備さに気が付いたのか、三堂の語尾が掠れた。

「加納」

と碧李を呼んだ声は、いつもの淡々とした調子に戻っていた。

「おれにとって走るのは全てじゃない。ほんの一部だ」

「……ああ、だな。けど、嫌いじゃないだろ」

息を吸う気配がした。

「走るの嫌いじゃないよな」

そうだろ、三堂。

ちゃんと知っているんだろう。

走ることが与えてくれるあの快感を。削げ落ちて、剝げ落ちて、心身が軽くなる。自分という一個を感じる。輪郭がくっきりと鮮やかになるのを感じる。身体一つで走る。ここに自分が確かにいる。その快感を知っている。そこに全てをかけなくても、魅せられているのは事実だよな。

走りたい。

明日も、明後日も、十年後も走り続ける者でいたい。

ちっ。

舌打ちの音がした。

「つまんねえやつが、つまんねえこと言いやがって。やっぱ、おまえムカつく」

「三堂」

「何だよ」

「明日、楽しみにしてる。こんな形でおまえと走れるなんて、思ってもいなかった。坂田とノブに感謝しなきゃ」

「馬鹿」

もう一度、舌打ちの音が響いた。

「人が好いのもほどほどにしとかないと、後で痛い目に遭うぞ」

「そうか」

「そうさ。おまえんとこのマネジャーとやらはどーだか知らねえけど、光喜はただおもしろがってるだけなんだ。いや、おもしろい記事のネタにしようって企んでるだけだ。策略家なんだよ、あいつは。自分の策の通りに他人を動かすのが得意なんだ。そーいうの、楽しくてたまんねえのさ」

「ああ、なるほど」

「納得できんだろ」

「何となくわかる。頭の回転、速そうだものな」

坂田光喜の一癖ありそうな笑顔を思い出す。

何でもいい。どんな下心があろうが、目論見があろうが構わない。ともかく、三堂と走る機会を作ってくれたのだ。ありがたい。

「明日だな」

ほろりと言葉が漏れた。

「明日だ。じゃあな」

唐突に、一方的に通話が切れる。

夜の風が一際、冷たく感じられた。けれど、身の内は火照っている。碧李は網戸を開け、身を乗り出した。

星が瞬いている。

明日だ。

三堂の声と心内の呟きが重なる。碧李は深く夜気を吸い込んだ。

信哉は短く、笛を吹いた。

それを合図に、碧李と三堂が飛び出す。

試合なら空砲が鳴り、選手たちが一斉に走り出す。スタンドからは歓声と応援の声がほとばしり、混ざり合い、絡まり合い、うねる。

今は何もない。

選手同士の駆け引きさえなかった。トラックの上に、二人のランナーがいるだけだ。

カシャ。カシャ。カシャ。

シャッター音が繰り返される。

信哉は横目でカメラを構える坂田を見やった。

「坂田」

「あん?」

「おまえ、三堂がこんなにあっさりミド……加納とのレースを承諾するって、確信してたのか」

「どうかな」

カメラのファインダーを覗き込み、坂田が首を捻った。

「確信ちゃあ言い過ぎだけど、貢が加納のことを意識してるのは、びんびん伝わってきた。で、今まで貢が他のランナーのことを気にするなんて一度もなかったからな。へぇって思ったのは事実」

「三堂はどうして、加納のことが気になったんだ」

「おれにわかるわけないでしょ。だから、記事にしたいんじゃないか。わかりきったこと書いても意味ないし」

「そんなものか」

「そんなものさ。おれ的にはとんとんと話が進んで」

坂田が口をつぐむ。まあ、唇を結んだまま、顎をしゃくった。

「うん？　何だよ」

「……後ろ」

「後ろって、幽霊でもいるのか」

振り向いたとたん、鳥肌が立った。「ぎゃっ」と小さな叫びが零れる。

「か、監督」

東部第一高校陸上部監督、箕月衛が立っていたのだ。

「ど、どうして、ここに……」

「この、馬鹿者！」

一喝が降ってくる。信哉は身を縮めた。

「この競技場の管理者は高校のときの同級生なんだ。昨日、たまたま出くわして、うちのチーフマネが早朝練習のための申請をしたって聞いたんだよ。驚いたぞ。早朝練習の予定なんてないんだからな」

「うへっ。ばれちまったか」

身を縮めたまま、舌を出す。

ミド相手に大見得切ったけど、こりゃあ、マジで説教だな。

覚悟はしている。ひたすら謝ろう。ただ、ここでレースを中止にさせたりはしない。

絶対に、阻止する。

「詰めが甘いな、久遠」

坂田がわざとらしくため息を吐いた。箕月が眉を寄せた。

「きみは確か……」

「清都学園新聞部の坂田です。三堂の従兄弟でもあります。久遠に二人のレースを持ちかけたのは、おれです」

おや、こいつ、意外に潔いな。おれをかばうつもりかよ。

「乗ってきたのは久遠ですけど。ですから、責任は半々かな」

坂田がなぜか笑顔になる。信哉は奥歯を嚙み締めた。甘いことを考えた自分が腹立たしい。

信哉は坂田の横顔から箕月に視線を戻した。

「監督、あの、言い訳……じゃなくて説明は後でちゃんとしますから。ですから、レースをこのまま」

「ラップ、計ってるな」

「え? あ、はい。も、もちろんです」

「一周目、来るぞ。かなりのペースだ。加納のウオッチを貸せ」

ストップウオッチを渡す。赤いストラップが付いていた。三堂用には黄色のものが結びつけてある。

カシャカシャ、カシャ。

シャッターの連写音。それをBGMにして、碧李と三堂が駆け抜けた。碧李がちらりと箕月を見たようだが、ペースは僅かも乱れない。信哉はストップウオッチを覗き込み、息を止めた。

67・72。

「嘘だろ」

吐き出した息とともに叫ぶ。

碧李と三堂はほぼ並んでいた。ということは……。

「67・74」

箕月が告げる。

「67って……」

喉の奥が震える。痙攣しているみたいだ。

「何考えてんだ。こんなペースで走ってたらすぐに潰れちまうぞ」

「そうなのか」

坂田が妙にのんびりした物言いで聞いてきた。

「明らかにオーバーペースだ」

「けど、これくらいじゃないと十三分台は無理でしょ。貢の狙っているのは、十二分台らしいけどさ」

「十二分って世界記録かよ」

「世界、狙ってんじゃないの。マジで」

カシャ。カシャ。カシャ。

信哉は箕月を見上げた。

「止めますか。監督」

さっきまで何が何でも完走させると力んでいたのに、今は、無理やりでも止めねばと考えている。

ミド、無茶だ。

「二周目。ラップ」

「監督」

「もう少し、走らせてみろ。加納はまだ十分に余裕がある」

碧李が近づいてくる。

三堂の後ろにぴったりとついていた。ほとんど差はない。唇を一文字に結び、張り詰めた表情をしている。でも、苦し気ではなかった。確かに余裕がある。

67・02、それが三堂の、67・04、それが碧李のタイムだった。信哉は我知らず唸っていた。


すごい。

三堂の後ろを走りながら、碧李は何度も心内で叫んでいた。

やっぱり、こいつはすごい。

スピードではない。

どこまでも走れるような気がするのだ。幼いときのあの感覚だった。銀色の薄《すすき》の道をどこまでも、どこまでも走り続けられる。その感覚が身の内から湧き出して、碧李を包み込む。

五千、一万、四十二・一九五キロ。

距離を区切られるのではなく、自分の身体が走る距離を決める。あの快感を思い出す。

生々しく思い出されることに、驚いた。

あの感覚はこんなにも強く、刻まれていたのか。

一瞬だが、風に揺れる薄の穂先がくっきりと見えたほどだ。

穂先は光を弾き、透明な輝きをまき散らす。

空は碧く、はるか高みにあった。そこから降りてくる光は、薄も碧李も一様に溶かし込んでしまう。

まだ子どもだったころの走り、風景がよみがえる。

よみがえりはするが、もうあそこには戻れない。戻る気もない。

ただ、思い出しただけだ。

三堂の走りが思い出させてくれた。

すごい。

やっぱり、こいつはすごい。

再び、感嘆の想いがせり上がってきた。同時に、身体の真ん中をまったく別の感情が突き抜けていく。

何だ、これは？

歓喜？　興奮？　熱狂？

わからない。名付けようがない。

碧李は唇を強く結んだ。

そうしないと大声で叫びそうだった。両手を広げて、見ろと叫びそうだった。

見ろ、おれは走っているぞ、見ろ。と。


信哉は黙って、ストップウオッチを見詰めた。

二週目と同じタイムだ。碧李も三堂も。

「監督……」

思わず、箕月監督の横顔に目をやっていた。縋りつくような眼差しになっていると、自分でもわかる。

箕月は腕組みをしたまま、トラックのランナーを目で追っていた。視線より他は微動だにしない。

指示さえ、出さなかった。

坂田もカメラを手に、前を見詰めていた。半開きになった口から、息が漏れる。

この先、どうなるんだ。

まったく予測がつかない。ただ、このまますんなりと二人がゴールするとは考えられなかった。どうして、考えられないのかわからない。どうしても考えられないだけだ。

「あっ」

坂田が小さく叫んだ。箕月が腕を解き、半歩、前に出た。

碧李が三堂と並んだ。並んだまま、同じペースで走り続ける。すげえと叫びたいのに、舌が動かない。呻きしか出てこない。

「ミド……」

胸の内で、ランナーに語りかける。

おまえ、どこに行く気だよ。

足の裏に大地を感じる。

人工のゴムの感触ではなく、大地そのものを、だ。

その感覚はとても懐かしいようであり、今、初めて知ったようでもあった。

貢は息を静かに吸い、吐いた。それで呼吸が乱れたりはしない。

すぐ背後に、やはり乱れぬ気配がある。

振り向く気は起こらなかった。

身体は軽い。けれど、重心は定まり身体も心も揺るがなかった。

どこまでも走れる。そんな気がした。

最初で、そして、最後だな。

自分の内で声がした。自分の声だ。

最初で、そして、最後だぞ、貢。

こんな走りは二度とできない。しては、いけないのだ。

走りに身を委ねてはならない。制御するのだ。自分の力で自分の走りを支配する。従わせる。

おれはそういうランナーなのだ。

わかっている。よく、わかっている。だけど……。

貢はもう一度、息を吸う。そして、吐く。

微かに土の香りがした。

背後の気配が動いた。

加納が横に並ぶ。

だけど、最初で最後だ。それなら、生涯にただ一度、委ねてみるのもおもしろい。

「行くか」

傍らのランナーに声を掛ける。

加納が頷いた。

三堂が振り向いた。唇が微かに動く。

「行くか」

そう聞こえた。

「行こう」

頷きで、答える。

「このままだったら、どんな記録が出るんだろうな。ふふっ、おもしれえな。予想以上の展開だ。加納、やってくれるな」

坂田が笑っている。

「久遠、後で記録表、コピーしてくれな」

信哉は答えない。記録表なんてどうでもよかった。

こんな走りができるやつだったんだ。

碧李を見詰める。

今トラックを走っているランナーは、信哉の見知らぬ者だった。超一流のアスリートだ。

「監督……」

「うーん」

箕月は唸り声で返事をした。

すぐ目の前を二人のランナーが過ぎていく。

坂田がさかんにシャッターを切る。

「あっ」

シャッターボタンに指を置いたまま、棒立ちになった。

「ちょっ、ちょっと待てよ。おい、どこに行くんだ」

信哉も目を瞠った。

目の前を過った二人はFの出入り口に向かったのだ。競技場の外へと走り出ていく。

「あ、おい、待てったら。これ五千のレースじゃないのかよ。どういうことだ。おい、久遠、どうなってんだよ」

坂田の手からカメラが滑り落ちた。こんな慌てふためく坂田光喜を見たのは初めてだ。

「あ、あ、行っちまった。久遠、何なんだ、これは」

「わかんない……。ほんとに、行っちまった」

突然に笑いが突き上げてきた。

信じられないほど唐突な、激しい笑いだった。

「何だよ、何がおかしいんだ」

坂田が大きく目を見開いている。信哉はストップウオッチを止めた。口元を引き締め、Fの出入り口を見詰める。

誰もいない。薄曇りの空から淡い日差しが注いでいるだけだ。その光のせいか、ここを駆け抜けた二つの背中のせいなのか、見慣れたはずのFスポットが眩しい。

「ミド、おまえどこまで走り続けるんだよ」

呟いてみる。

呟きは無人のトラックの上を漂い消えていった。

解説

内田篤人

本を読むことは、実はあまり得意ではない。だから本作も、小さな空き時間を利用して少しずつ、かなりの時間をかけてじっくりと読み進めた。自分自身の〝部活時代〟に思いを馳せつつ物語の世界観を堪能することができたのは、もしかしたら、そんな読み方のおかげかもしれない。

加納碧李と三堂貢は、違う学校の陸上部に所属する長距離ランナーだ。

成績は平凡だが本能で走る碧李は、無限の可能性を秘めた未完の大器。「天才」と称される貢は、高校生にしてすでに一流のオーラを漂わせる。

実績もキャラクターも対照的な二人を、〝世間〟は同じステージに立つライバルと見なしてはいない。だが、本人同士、あるいは彼らを近くで見守る友人や家族、そして指導者だけはその特別な関係に気づき始めている。アスリートにとって、互いに強く意識し、正面から向き合うことでしか得られない相乗効果は間違いなくある。僕自身の経験からそう思う。

舞台は高校の部活だ。まだ小さな世界の出来事に過ぎないから、二人が秘める可能性の価値は、彼らを取り巻く限られた人とこの物語の読者しか知らない。10年後の碧李と貢は、いったいどんなランナーになっているのだろう。多くの人にとって「部活」は実体験として経験している〝原点〟であるからこそ、読む側がリアルな想像力を働かせることができるし、そこから無限に広がるストーリーに心躍るのだと思う。

本作の転換点は、貢が所属する清都学園陸上部における不祥事の発覚にある。やがて部活動の活動停止が決定され、貢は高校生には抗うことのできない〝理不尽〟に直面する。それを乗り越える原動力となったのは、走ることで自分と向き合い続ける貢と碧李の強さであり、二人のライバル関係に特別な思いを寄せる周囲の人々の知恵と勇気だ。互いに背中を押し合って理不尽を乗り越え、物語は碧李と貢の「ラストラン」へと向かっていく。

僕自身の高校時代にも、〝理不尽〟は数え切れないほど存在した。訳も分からず走らされ、訳も分からず先輩に怒鳴られた。不思議な感情だが、今となっては先生や先輩に対する感謝の気持ちしかない。むしろ最高の思い出でしかない。あの頃にいくつもの理不尽を乗り越えた自負は、その後の自分にとって〝頼れる力〟になった。

サッカーを通じて孤独と向き合い続けた経験も、今の僕を形成する大きな財産だ。海外での生活はいつも一人きりだった。勝敗や調子、チーム事情によって自分を取り巻く環境は激変するが、それをすべて一人で受け止め、消化しなければならない。自分と向き合う時間はイヤというほど長かったし、それでいて海の向こうに自分の居場所を作らなければならない大変さは、言い尽くせないものがあった。

サッカーはチームスポーツだ。しかし最終的には一人きりで自分と向き合い、答えを出し続けなければならない。陸上との共通点は、そんなところにもある気がした。一人の読者として、碧李と貢の気持ちに触れる感覚も確かにあった。

孤独に勝つための最善策は、鈍感になることだと僕は思う。本作の一節にある「どこまでも走れる」感覚は、もしかしたら鈍感を極めることで味わえるのではないだろうか。僕にとっても原点である高校時代の三年間は、あらゆる意味で鈍感だったからこそ「どこまでも走れる」気がしたし、ただただサッカーに夢中になれた時間だった。

プロのサッカー選手になることは、小さい頃からの夢だった。将来の夢を聞かれれば、決まって「サッカー選手」と答えていた。でもそれは、ごく普通のサッカー少年と変わらず〝何となく〟口にしていた夢でしかなかった。「何としてでも」という強い意志は、プロクラブからのスカウトを受ける高校二年の冬までまったくなかった。

高校一年の春、自分自身のそんな弱さに直面する出来事があった。

僕の通っていた清水東高等学校は進学校でもあったため、入学初日に志望大学と学部を書かされる風習があった。あの時、もしも本気で「プロになりたい」と思っていたのなら、志望大学欄にJリーグのクラブ名を書くことだって許されたに違いない。でも、僕はそうしなかった。隣の席に座るクラスメイトの机の上を盗み見て、まったく同じ大学名と学部名を書いたのだ。

その時に思い知った。子どもの頃から抱いていた「サッカー選手になりたい」という夢は、強い意志に支えられたものではなかったのだと。うっすらと感じていた厳しい競争に対する諦めの気持ちが、自分ではほとんど知りもしない大学名と学部名に表れてしまった。

ああ、俺、プロになることを諦めていたんだ――。

無意識のうちに形成されつつあった本心を知り、夢を置き去りにしていた自分にショックを受けた。寂しかった。

僕自身の物語の原点があの瞬間にあったことを考えると、その後プロの世界に飛び込み、海を渡ってヨーロッパでプレーし、日本代表の一員として多くの試合に出場することになる自分にとって、高校の部活動がいかに大きな意味を持っていたかが分かる。チームメイトに対して「ライバル」という感情を抱いたことはなかったけれど、あの学校、あの部活、あの仲間、あの監督と過ごした三年間がなければ、その後の自分はなかった。そう断言できる。

碧李と貢もきっとそうだ。互いの存在はもちろん、「ランナー」シリーズで登場する妹の杏樹や母の千賀子、マネージャーの杏子や信哉、従兄弟の光喜、指導者である箕月や伊藤の存在は、時にネガティブな感情を抱くことがあっても二人の物語の一部であり、彼らがいて初めてその後のストーリーが成立する。どんな人のストーリーにも〝部活時代にいたアイツ〟の存在があって、だからこそ、自分自身の経験に重ねて碧李と貢の物語に引き込まれる。

本作で何度も提起される「なぜ走るのか」という問いかけに対し、この作品を読んだ人は何を思うのだろう。高校生だった頃の僕は、ただサッカーが好きだった。好きだから走り続けた。その思いはプロになっても変わらず、トレーニングを「努力」と言い換えたこともなければ、どんなにキツいことでも「苦しい」と感じたことはなかった。

碧李と貢もきっとそうだ。「走ること」に対する純粋さが伝わってくるからこそ、ランナーとしての彼らの未来に無限の可能性を感じるのだろう。長い時間をかけてシリーズ最終作である本作『ラストラン』を読み終えたからこそ、僕は今、できることならこの物語の続きを読みたい。

――元プロサッカー選手

インタビュー・構成　細江克弥

この作品は二〇一八年十月小社より刊行されたものです。

幻冬舎文庫

●最新刊
キッド
相場英雄

元自衛隊員の城戸は上海の商社マン・王の護衛のために福岡空港へ。だが王が射殺され、殺人の濡れ衣を着せられる。警察は秘密裏に築いた監視網を駆使し城戸を追う――。傑作警察ミステリー！

●最新刊
ああ、だから一人はいやなんだ。
いとうあさこ

正直者で、我が強くて、気が弱い。そんなあさこの〝寂しい〟だか〝楽しい〟だかよくわからないけど、一生懸命な毎日。笑って、沁みて、元気になるエッセイ集。

●最新刊
作家の人たち
倉知　淳

押し売り作家、夢の印税生活、書評の世界、ラノベ編集者、文学賞選考会、生涯初版作家の最期。本格ミステリ作家が可笑しくて、やがて切ない出版稼業を描く連作小説。

●最新刊
20歳《はたち》のソウル
中井由梨子

夢を抱えたまま、浅野大義は肺癌のために20年の生涯を終えた。告別式当日。164名の高校の吹奏楽部OBと仲間達による人生を精一杯生きた大義のための1日限りのブラスバンド。感動の実話。

●最新刊
神奈川県警「ヲタク」担当　細川春菜
鳴神響一

江の島署から本部刑事部に異動を命じられた細川春菜。女子高生に見間違えられる童顔美女の彼女を新天地で待っていたのは、一癖も二癖もある同僚たちと、鉄道マニアが被害者の殺人事件だった。

幻冬舎文庫

●最新刊
超現代語訳 幕末物語 笑えて泣けてするする頭に入る
房野史典

猛烈なスピードで変化し、混乱を極めた幕末。ヒーロー多すぎ、悲劇続きすぎ、〝想定外〟ありすぎ……な時代を、「圧倒的に面白い」「わかりやすい」と評判の超現代語訳で、ドラマチックに読ませる！

●最新刊
祝福の子供
まさきとしか

母親失格――。虐待を疑われ最愛の娘と離れて暮らす柳宝子。二十年前に死んだ父親の遺体が発見され父の謎を追うが、それが愛する家族の決死の嘘を暴くことに。〝元子供たち〟の感動ミステリ。

●最新刊
あなただけの、咲き方で
八千草 薫

時代ごとに理想の女性を演じ続けた、日本を代表する名女優・八千草薫。可憐な中にも芯の強さが滲み出る彼女が大切にしていた生きる指針とは――。自分らしさと向き合った、美しい歳の重ね方。

●最新刊
大きなさよなら どくだみちゃんとふしばな5
吉本ばなな

「あっという間にそのときは来る。だから、月を眺めたり、友達と笑いながらごはんを食べたりしてゆっくり歩こう」。大切な友と愛犬、愛猫を看取り、悲しみの中で著者が見つけた人生の光とは。

●好評既刊
いのちの停車場
南 杏子

六十二歳の医師・咲和子は、故郷の金沢に戻って訪問診療医になり、現場での様々な涙や喜びを通して在宅医療を学んでいく。一方、自宅で死を待つ父親からは積極的安楽死を強く望まれ……。

ラストラン　ランナー4

あさのあつこ

令和3年6月10日　初版発行

発行人――石原正康
編集人――高部真人
発行所――株式会社幻冬舎
〒151-0051東京都渋谷区千駄ヶ谷4-9-7
電話　03(5411)6222(営業)
　　　03(5411)6211(編集)
　　振替00120-8-767643
印刷・製本―中央精版印刷株式会社
装丁者――高橋雅之

幻冬舎文庫

ISBN978-4-344-43088-4　C0193　　あ-28-6

幻冬舎ホームページアドレス　https://www.gentosha.co.jp/
この本に関するご意見・ご感想をメールでお寄せいただく場合は、
comment@gentosha.co.jpまで。